문학과지성 시인선 595

황색예수 2

김정환 시집

문학과지성사

문학과지성사에서 펴낸 김정환의 시집

해가 뜨다(2000)
황색예수(2018, 시인선 R)

문학과지성 시인선 595

황색예수 2
—거리 디자인

펴낸날 2024년 1월 26일

지은이 김정환
펴낸이 이광호
주간 이근혜
편집 유하은 김필균 이주이 허단 방원경 윤소진
마케팅 이가은 최지애 허황 남미리 맹정현
제작 강병석
펴낸곳 ㈜**문학과지성사**
등록번호 제1993-000098호
주소 04034 서울 마포구 잔다리로7길 18(서교동 377-20)
전화 02)338-7224
팩스 02)323-4180(편집) 02)338-7221(영업)
대표메일 moonji@moonji.com
저작권 문의 copyright@moonji.com
홈페이지 www.moonji.com

ⓒ 김정환, 2024. Printed in Seoul, Korea

ISBN 978-89-320-4243-5 03810

문학과지성 시인선 595

황색예수 2

김정환

시인의 말

40여 년 전『황색예수』는 신약 위주이고 아무래도 시간적이었다.
『황색예수 2』는 무척 공간적이면서 구약까지 품으려 했다.

2024년 1월
김정환

황색예수 2
—거리 디자인

차례

시인의 말

1부 하나의, 장면인

해설

1부

—

하나의, 장면인

Prologue: Bagatelles, 생애적

── 주찬권(1955. 3. 18~2013. 10. 20)

58세 음악으로 가난을 얻은 전설의
드러머 급사急死 소식이
잠든 내 물 고막을
덜 깬 손으로 두드린다.
물이 가열찬 슬픔이다. 아니면
사막에 내린 뿌리가 사막이고
사막이 뿌리라는 듯이 아니
그것도 아니고 아직 더 펼쳐질 더
복잡한 것이 겹의 겹 속에 있다는 듯이
깨어난 손보다 더 깊은
덜 깬 손이 내 물 고막 두드린다.
그와 죽음의 행각이 시시각각
완주完走가 가장 중요한
연주 중.
세숫대야 물 액자 뒤로
좀 멀리 들리는 피가로
결혼 장면 문득 아내의 간통 현장
잡아 올린 절름발이 대장장이 신神
황금 그물이 바로 음악사라는,

육체적 사랑의 누추를 화려한 음악

의상으로 전화하는

인위人爲의 극치라는,

'의'와 '을'이 있고 없고 없다가 있는,

부서지는, 흐르는 장면 생각. 액자 밖으로

튀어나오는 죽음, 돈 조반니가 참회를

거부한다. 왜냐하면

죽음 있어 그의 행각 있었으니

참회 요구가 죽음의 반칙이다.

그와 죽음의 행각이 시시각각

완주가 가장 중요한

연주 중.

가장 화려했던 그 슬픔은

가장 다정했던 그 냄새는

여기다. 옛날 길. 길고 굽이지고

어둡고 거리 악사들 드문드문 있고

벽에 보도에 이끼 낀 돌, 석재들이

아직 튼튼한

옛날 길, 옛닐인 길. 빙짐, 소린한 죽음의

자연이자

겹겹의 인위인.

그와 죽음의 행각이 시시각각

완주가 가장 중요한

연주 중.

초원 사자들에 맞서다 개울

악어들에게 속절없이 동료를

사냥감으로 내주는 누 떼의

장거리 이동은 초원 사자들과 개울

악어들에게 동료를 사냥감으로 내주는

생존 수단도 전략도 아닌 것 같다. 그렇다면

생존을 위한 장거리 이동도 아닌 것 같다.

한날한시에 살 섞고 한날한시에

출산하는 누 떼의 처음부터 흥건한

임신 냄새 맡으면

집단이 하나의 임신이고 새로운

생명인 것 같다.

포식당하는 동물들

전체가 그런 것 같다. 포식 동물도

아우성 같고 아우성이 새로움 같다.
바람에 몸이 없어 더 생생한 만물의
고유명사의 몸이
고독을 벗는 방식 같다.
아주 오래된 역사驛舍가
있다. 거리에 있지 않고 낡거나
새로워 보이지 않는다. 건물
맞는데 '건물'이란 말과 그렇게
멀리 떨어져 있을 수가 없다.
과거 역사로 눌러앉아 있지 않고
떠나지도 않는다. 그냥
아주 오래된 역사다.
숱한 떠남이 숱한 도착을
압도하는
모양이다. 아니 도착의 반 너머가
더 아픈 소식인데도 멀쩡해 보일 정도로
아주 오래된 역사다.
자세히 보면 슬픔은 노르만성처럼
각角이 부녀지는

모양이다.
'건축'이란 말과 그렇게
동떨어질 수가 없다.
슬픔이 위용이다.
손때 묻지 않았다. 온기의
눈물도 없다.
다만
주찬권, 그와 죽음의 행각이
시시각각
완주가 가장 중요한
연주 중.

1장

드라마 없는 일기日記 문학사

오늘의 역사는 오늘의 역사가 아니지만
숫자는 귀신 영역이지. 관재수이고 기적인 나의 60수
몇백 년 전 시사, 굵직한 사건이 오늘 날짜의
혈색을 이룬다. 마이너라도 음반사의 社는 史고
표지 헝겊이 악몽의 편안한 거처보다 나달나달한
대백과사전이 그냥 권卷으로 있다. 부부 참극은
결국 부부가 참극이었지만 당장은 참극을 맞은
부부가 그것을 모르고 현대 비극은 권번 기생의
신민요 가수 데뷔가 유행이던 1930년대
포리도─루 SP판 광고 사진 빛바랜 까망이 더욱 빛바
래며
개항 이전으로 돌아가야 비로소 수습될 것이다.
다름 아닌 감격이 낡는다. 댓글, 답글, 히브리,
아랍어까지 합성된 국제가 시끄럽지만
삭제된 유튜브 동영상 너를 부르는 이승에서
실종 같다, 반복의 형식만 묻어나는. 동대문 지나
바로 동묘의 묘가 무덤 아니라 사당이었구나. 뒤늦게
조선왕조 5백 년 백성들 다행이지만 지금 사당은 죽음이
너 教활하시. 무녀시는 쾌감이 어디에나 있다. 고대 인어,

이집트 잉카 고고의 습관 속으로 모니터 일상의
반이 무너져 내리고 단어들이 의태와 의성만 남으며
상처도 없이 피를 흘리는 쾌감.
　잘 모른다는 말 뜻도 모른 채 쓰면서 내가 바로 나인
모종의
중심에서 멀어진다. 무능한 고통의 무의식 아닌 의식의
죄의식인 모종의 중심 없고 아웃사이더 슬픔의
자처만 있다. 3B의 성실한 음악 드라마가
독일 파시즘을 낳지 않고, 망하는 데 그토록 오래 걸렸던
오스트리아 제국 말년의 요한 슈트라우스의 왈츠 그
게으른
화려 환락의 얼핏 전체적인 무無시간의 반복의 지겨움이
독일 파시즘을 부른 것 아닐까? 오스트리아는 아직
독일 화장품 편이다. 지상에 비,
맨홀 땅에서 마구 뒹굴며 스스로 짓밟힌다.
누구나 율리시스가 오디세우스로 귀환하면서
오히려 군국의 가장 아름다운 청춘 알몸
짐노페디를 지우는 여생의
기적만큼만 살아 있다. 중심으로의

또 다른 근면이고 해석이 변혁이고 해석 너머
변혁이 굴복한다 현실의
과거에. 지상에 비,
몇십 년 동안 꽉 차며 흘러도 실내의 통유리 비였던.
꽂혔던
너의 냄새 없다, 더 진하다……
민요,
생의 비극,
한 백 년 그냥
아무렇지도 않게 그냥
강물이 흐르는
또 한 백 년 그냥
너무나 그냥 그래서
아무렇지도 않게 그냥
거울인
또 또 한 백 년 그냥
너무나 그냥 그래서
제 얼굴을 잃은
가사가 부대낄 성노로 잃은

또 또 또 한 백 년 그냥
너무나 그냥 그래서
기억이 기억을 기억하는
늘 친근한
청량으로 흐르는,
부르지 않고 다가와
보내지 않고 떠나가는.

괴산에서 너나들이 1박 2일
— 홍승권*에게

홍명희 생가 햇빛에 쨍쨍 빛나는
가옥 속에 겹겹 문들이 자그맣게
열리지 않고
드러났다. 망국에 자결한 의사
아들로 소설가 탄생 그
드러남에 비하면
행랑채가 방바닥 있고 천장 있으나 영영
너무 좁은 노천이고 노선이다.
그리고
아무래도 현대식으로 넓은
숲길을 한참 걸어 올라가니 조선식으로
가슴이 확 트이는 화양계곡, 우암
송시열도 그것참, 뭐 저런 계곡 물 건너
훤히 보이는 중간 높이 바위 바닥에다 암자를,
기껏 무겁게 하면서
가마꾼들
물 건너는 걸음을 말이지.
그리고
짙고 얇은 지붕과 옅고 두꺼운 벽의 깨끗한 대비가

문화재적인

그 사이 중심가에서

홍합 수북이 얹은 수타짬뽕

면발 굵고 국물 시뻘겋고

먹을 만했다.

옛날 아니고 지금 아니고 그냥 거리가

사납지 않고 만만한

청나라쯤으로

너나들이

자리 잡았다.

그러니

여기야말로 조선 백성 유구한

민심 같다.

그리고

P.S. 서울 한강 다리 건너는 데 드는

시간이 1박 2일 이상이었다.

내가 사랑하는 여자 후배 소설가

어머니가 돌아갔다 향년 90세. 2

년 전 우리 장모가 작고했다, 같은

나이에. 고인이 오래 살았으니
영안실 가는, 다리 건너는 길이
적어도 1박 2일보다는 멀밖에.
울먹이는 여자 후배 소설가를
위로하다가 문득
너나들이하고 싶어졌다.
선후배 아니고 시공 교통
아니고 역사 아니고 역사의
안온한 혼동인
죽음과.

* 출판인.

계보와 겨울밤, 그리고 강의와 미완

계보는 꼭 가 닿는 데가 있다.
가깝고 멀고 아니라 그 '꼭'이 더 중요해서
결과보다 원인에 더 가까워 보이는
계보다.
역사를 능가할 수 있지만 시시각각 손때 묻은
각도가 약간 다른
어머니 유품이 튀어나와
남 보기에만 화려하고 어쩌다 손에 들린 유리잔이
제 혼자 한참을 거슬러 올라가는,
계보가 도와주기보다 계보를 도와달라는
계보다.
널리 알려진 것만 반복된다.
위대한 것 하나가 모두를 잡아먹기도 하고 모두에게
잡아먹히기도 하는,
핏줄 바깥에서도 핏줄을 당할 수 없는 계보다.
신동神童이 태어나기 전에 벌써
위대한 계보의 일환이고
죽기 전에 벌써 누대累代의 석차일밖에 없다.
다른 계보와 협력하여 전쟁을 야외로 끌어내고

누이와 딸만 있어도 남성적이고,
등장을 보장하기 전에 운명을 접수하고
계보를 시상한다.
모든 체제에 적응하고 푸념하고 끝내 우리가 알 수 없는
의문의 죽음도 곁멋이다.
졸작만 계보 밖으로 남아 명성을 얻는, 그 안에
무엇이 있는지 알 수 없고 알 필요 없는
계보가 계보의 집인 계보다.
계보가 계보의 무덤인 것을
막느라 무덤이 되는 계보다.
아리스토텔레스,
행복을 정의하는 데 일생이 걸리지 않는다, 행복은 없고,
그러므로 정의될 수 없고 계보만 있다고
말하는 계보다.
시공에 관계없이 계보의
그냥 반대말로
겨울밤이 있다.
연월일年月日 없는 겨울밤이 겨울밤의
꿈이라는 듯이 있다.

'낭만적'이란 말 일거에 천하게 들린다. 느리게
미쳐가던 꽃잎이
딱 하룻밤, 그 겨울밤
멀쩡해지려 노력한다. 정갈이 첫째.
이야기가, 슬픔은 왜 무지 슬펐던가,
그 질문을 미루며 갈수록
그림 같아진다.
아들이 사위 되고 딸이 며느리 된
이야기는 슬픔의 영역이고 그보다 더
나아가며 기억은
예민한 나침반,
추억을 배우로 만들고 명배우들의
겸손한 대사를 우리가 순순히 읊는다.
명배우들이 단 하나
배우가 되는 겨울밤이다.
요정 같은, 동화 같은 소리. 소똥
냄새가 지독해서 우린 내내
다 큰 어른이다.
예외가 가장 먼저 무르익는다.

차가운 난롯가도 충분히
행복한 겨울밤이다.
시공에 관계없이 계보의
그냥 반대말로
겨울밤이 있다.
그리고 강의와 미완도 있다.
형식이 늘 승리하지만 승리한 형식이 곧장
내용이고 다만 비천의
경지가 있다. 세속의 이성이 언제나
세속 쪽으로 무너진다. 꿈의 성분이 얼마나 흐렸으면
단 한 번 대가가 대가의 평생은 물론 전생까지 들먹이고
아이들만 내용도 모르고 제발, 제발, 하며 전전
반측이지.
부녀 사이 비루한 부녀 사이가 있고
그사이 더 비루한 부녀 사이가 있다.
춤 표시가 빠르기 표시로 바뀌며 모든 것이 바뀌고
바뀌는 것이 완성인 순간순간
안면이 표정이고 표정이 근육이고 고통이 무늬고
그 무늬마저 없는 순간.

청중들. 녹음하는 식으로

엿듣지 말고, 그냥 듣지?

매일 바람피우는 남편을 매일 원망하는 아내 가사의

중세 자장가는 중세가 자장가지. 정신 사나우니 후렴은

잘 자라 내 영혼. 잘 자라 나의 생…… 파란만장은

파란만장한 이야기보다 더 많은 것을 품고 있다.

국외와 국내가 있고 국외인 죽음과 국내인 죽음이 있다.

이 모든 것이 언젠가 끝날 것을 아는 죽음이 있다. 그

렇게

끝없이 삶이 이어지는 죽음이 있다.

유구한 밤이, 성부와 성자 성신의 삼위일체가,

동성애가, 있듯이, 다큐멘터리가 있듯이,

있다. 색깔들은 하나같이

죽음을 색색의 눈물로 만든다. 검정은

오해지.

때 이르지 않았는데도 죽음이, '이건 살인이야'

하면서 운다. 관을 든 자 아무리 기라성 같아도

우는 것은 죽음이다. 너는 멀쩡한 것과 안 멀쩡한 것의

대비를 논하나? 사슴과 건물의 뼈대인 계단, 지금

무명인. 내도 내도 평균이 늘 울퉁불퉁한 것은
평균율이 평균 아니라서가 아니라 평균이 평균율 아
니라서다.
아무리 참혹한 일도 벌어진 이상 결국 에피소드로
남는 섬. 지나놓고 보면 우리는 세련되게 지독한 섬과
야만적으로 지독한 섬 사이 섬에 억류될밖에 없다.
일상이 살인에 가 닿는 〈위기의 주부들〉도 결과
이야기다. 생명보험이 살인이기 전에
살인이 생명보험이지. 독재자가 죽고 또 죽은
독재자인데도 복수가 없고 나라 안으로 국가
장례식만 분주한 가운데 각각 다른 장례식을 각각
하나씩 치러야 한다.
각자의 대장도 죽은 것이다. 술이 죽고 고전
작가와 등장인물이 죽고 구성도 죽은 것이다.
장송곡 오케스트라 검고 검은
구성으로만 살아 있다.
하수한테 깜짝 놀라는 기쁨만 있다.
종달새, 그때가 요정이지.
직립성저혈압. 직립이 중세인 병을 우리가 앓고 있어.

오 R. E. D. RED, Retired Extremely Dangerous,
은퇴한 CIA 요원은 정말 위험해.

도자기 필통과 옥수수 속대 빨부리

공예가 형수가 허겁지겁 챙겨 주느라
구경口徑이 너무 광대한 청자색 도자기 필통을
역시 선물 받은 연필 다발과 색연필 다발과
아메리칸인디언 편지 칼과 스페인산 검은 이슬람 무늬
쥘부채와 사전용 막대 돋보기 세워 채우니
그
미리 깎아놓은 울울창창 죽창의
악몽을 벗어났다. 아니 그게
아직도 있었나? 찔리는 것보다 찌르는
악몽이던 그게?
솟구침이 너무나 조용한 경악이다.
큰아버지 근기近畿 하천 그물질 한 번에
양동이 넘치도록 걸렸으나 이제는
근기 유원지 식당에서도 값이 '시가'로 매겨진
쏘가리매운탕 어감도
솟구침이 너무나 조용한 경악이다.
진공청소기 되게 떠든다. 제 혼자 세상이고
세상에 청소만 한 게 없고 청소하느라
일생을 소모하는 거라는 두다.

종이 신문이 세계관처럼 펼쳐지던 시절이 있었다.

지금은 내가 나를 search하는 나의 고독인데 내가

고독이라는 말을 모른다.

고장 난 인터폰을, 그때 생각난 말 '요비링'이 썩 괜찮아서

아직 안 고치고 있는 정도. 내가 아는

내용이 호탕했던 사람들은 너무 크게 얻어맞아 그리

길길이 뛰다가

눈에 보이게 죽었거나 안 보이게 사라졌다.

그래도 나는 그러기 전날 그들에게

한 급 높은

잡탕밥 한 그릇씩은 유언으로 얻어먹었다. 그래서

40년 전인데 늘 어제의

잡탕밥이고 요비링이다.

천재 아니라 천재 할아버지라도 남의 흠집이 먼저 보이고

그것만 보이면 뭔가를 창조할 수는 없을 것이다.

그들이 오랜 세월의 천재다. 그들 위해 경악의

꽃다발 폈다, 꽉 찬

도자기 필통.

Corncob pipe는 corncob pipe, 옥수수 속대로 만든

담배 빨부리다. 더글러스 맥아더 장군이

야전 사령관으로서 애용했고,

정말 좆만 하다. 어찌나 그런지

그 안에 아주 많이 아주 깊이

숨어 있다.

이를테면 자연의

쓰레기 활용. 도시 감각 보들레르 곁에

아직 있는 늙은 농촌 창녀. 11차원의 스티븐

호킹 너머 여성의 가정 폭력에도 불구한

모음母音의 집과 11차원을 4차원으로

응축하는 고전의

새로움을 위한 가벼운 깊이.

파탄 속으로 몸을 숨기는

재능과 우월.

속지 없이 부서져 더 새까만 비닐

명반 중에도 명반.

멀리 가기 위하여 미리

느슨할 필요 없지. 미리
감격할 것도 아니다.

근조謹弔가 날씬한 고대

33년 전 서부이촌동 시영아파트
그
5층짜리 게딱지 동棟들 아직
철거되지 않았다. 물러나라,
해결하라, 다 죽여라…… 플래카드 부엌데기
행주치마처럼 걸치고 있다. 천장에서 너무 크고 너무
시커먼 바퀴벌레가 밥상 반찬 위로 떨어진
신혼살림 아직도 있는 듯. 매민가 보다 하던 아버지
목소리도. 두번째 방의 은닉 혐의를 아내에게 캐묻던
형사는 설마 없겠지. 여름 매미 소리 지천이고 한국은
아무래도 헌책방이 제일 요란한 나라, 망한 동독
경제학자가 아깝다며 간장 종지를 비운다. 동경
유학 다녀온 성악가 음악 선생은 호모였지. 성악이
호모였던 것 같기도. 원칙주의자들은 여기서도
왕따구나. 고물 성구聖具가 낯익은
께름칙 이상인 적 없다. 성의 구체화인 적
없고 오히려 복잡한 설렘을 진정시킨다. 징역과 군대
살던
5년 동안은 얄쌀 없이 싱역과 군대 산 5년 농안

속으로 영영 지워졌다. 헌책방에도 없고 그 시절 식구들
살았다는 서강 집은 그 식구들과 함께 찾아가본들
어불성설일 것.
잊을 만하면 날아드는
큰아들 다니던 서강대학교
서강동문장학회
회보가 성구 같다.
그러나 첫째는 아직 미혼이고
집에 있고
장가를 둘째가 먼저 갔으니
당장 더 중요한 것은 어떤
허리 날씬한 고대다.
새 며늘아기한테 씨 자를 붙여 부르며
아무리 젊게 놀려 해도 그리고 아무리 받아주려
며늘아기가 애를 써도
노년의
선물에는 추모의 위용이 있다.
기분 좋은 위용이다. Asian Traditional
Potpourri, 동양적으로 우스꽝스러운 향이

동양의 시간을 깊게 하고 고대 그리스 돌을

고대 그리스인이 솜씨껏 캐고 깎아 로마숫자 붙이고

중세 시침과 분침, 그리고 근대 초침을 붙인

HAWAII, MAUI, MAKENA 시계가

아무리 날씬해도 근조가 날씬한 고대면 좋겠다.

우리 내외가 아들한테 살림을 내주지 않고

우리의 한 세대 다른 생을 맡겼다.

우리가 모종의

방문을 받아들였다는 뜻이다.

다행하면 그렇게 한 20년 거울로 남아

비출 수 있을 것이다 우리 아이 부부가

또한 그들 아이 부부한테 그들의 한 세대 다른 생 맡기

는 것을.

그리고 더 다행하면

미래의 근조

두 겹 거울일 수 있을 것이다.

30년 동안 추리고 추린 내 서재, 그러니까 내 문학의

문학의, 반을 내주었다. 며늘아기가 초등학교 선생이니

모처럼 신간으로 구입했던 아동심리학 책을 먼저 읽

겠지.

며늘아기 맞은 서재도 들쭉날쭉 제 혼자 정리된다.

아들 녀석이 직접 골랐다는 Parker 5TH 만년필은

구형보다 더 두툼하고 더 검은 몸통을 스테인리스

쇠테 네 개가 둘렀고 검은 잉크가 뚜껑 열어놓아도

마르지 않는 검은 잉크다. 정말

관혼상제다.

더 이야기하는 대신

우리는 성묘로 넘어간다.

파주 동화경모공원 비 내리고 인적 드물고

떼 단정한 일렬들의 전역全域

무덤이 생 같고 울긋불긋 조화들이

죽음 같았다. 광고 지라시 들고 찾아간다

파주시 탄현면 성동리 34 메기와산천어

매운탕 전문집 '옛, 탄포식당'이

한탄 없는 한탄강 안개 자욱한 외길의

아버지 추억 뒤늦게 불렀다.

맞을 거야, 그 집. 아니라도, 그게 뭐?

추억을 맞추면 되지. 그 집. 비 맞는 플라스틱 의자

등에 붙은 '아침햇살' '자연은' 상표가
운명이다. 노래는 정훈희 「꽃길」. 수천 년 섹시한
비음鼻音이 율동을 거의 대신하는…… 노래는
어느새 윤정하 「나비 하나」로 넘어갔다.
간절懇切이 가벼워서 슬프고 가벼움이
간절해서 슬프다. 여유가 안간힘인 것이
슬프다. 몇십 년 전 누군가 그리
젊었다는 사실이 슬프다. 급기야
기특한 슬픔이다.
노래는 옛날의
오늘이고, 잘려 나간 옛날이
넘어가는 오늘이다.
기다려 계속 들었다.
말없음표가 절정이다.
가여운 약동이다.
인간이 지은 최고의 구절은
'여한이 없다'이다.
상실도 연조年條와 축적이 있고 계단의
역사를 이룬다. 오랜만에 늘른 내 고향

마포 단골 술집 자리 내 고향 마포
예전 논밭처럼 잘려 나갔다.
옛날 동네가 여전히 옛날 동네 아니고
여전히 옛날, 동네 아니고
자양동에서 외사촌 딸 결혼식 올렸고
독막역
어렸을 적 기찻길이자 기찻길 옆
버스처럼 잦은 기차를 못 올라타고 놓치는
꿈을 나는 아직도 꾼다.
바람이 얇은 거적을 살짝 들춰
기차 바퀴에 반쪽이 나간 처녀
얼굴을 보게 했던 곳이다.
이제 와 생각하니 누구에게나
첫 죽음은
처녀라는 뜻 같다.
만년의 처음도 처녀다.
선비들 마른 목욕 하던 옛날에
'아랑'만큼 섹시한
여자 말[言] 없었을 것이므로

'아리랑'만큼 섹시한 노랫말도
없었을 거라는 생각은
시대착오적인가, 봉건적인가?
나이 아흔의 민족 해방 시인이 돌아간
서울 성모병원 영안실
근대 앞에서 자살한 김소월의
근대시는 그냥 섹시한 것인데 후대가
그것을 전통이라 부르고 그 전의
전통이 없어 더 완강한 전통이 된다.
섹시에 모종의 직전이 있다. 수박
쉰 냄새를 직후로
저질러버리는 참외 쉰 냄새처럼.
앞으로 나아가는 어떤 균열도, 분열도 파괴조차도
과거에 의존하며 구축적이기 전에
과거가 구축된다. 예전 과거보다 더 단아한
과거다. 음악도 너무 좁은 데 가두면
좁아지는가 싶을 정도로 좁은
아주 먼 옛날 SP
음반 과거다.

그 밖에 만년의

처음이 있다.

모든 게 다 준비되어 있는

느낌이 있다.

그 밖에 스뱌토슬라프

리히터의 베토벤 「피아노소나타 32번」

1악장 연주 끝나가는데 자막,

일본 한자 약어로, 선거 개표 속보,

……씨 당선, NHK 실황 방송,

세속적인

개벽이 있다. 목이 메다.

복날

저 아래 미개발도 좁은 골목

그 위에 차양 치고 할아버지들 모여 앉아

양푼 막걸리 추렴한다. 개고기 빼고

골목 집집을 털면 조선의 가난을 되새기는

안줏거리 국물이든 나물이든 건건이든 다 있을 터.

뙤약볕

늘 순한

Zippo 불꽃 같다.

노년의 타자. 노년의 평화. 어제인 듯 얼굴 때.

노년이 평화다. 골목 대신

목이 메다.

그리고 동네 언덕 태양이

동네 언덕 붉게 물들여

사람들 흥건한

언덕으로 만들고 그 뒤

거룩한 아비규환의

수렁으로 지는

저리 큰 태양.

언덕은 이제

포괄, 반원의.

국산 1호
— 현시원*에게

숱한 전자 기기 중에 오디오가
백 년이면 골동이지만,
그게 아니라 지금 인간 정신이란 게 그쯤 안 되겠나.
내 정신
좀 봐, 저기, 내 정신 맞나, 하면서.
그리고 오디오 아니라 1960년 금성사가 출시한
세계 최초 산업 디자이너 페터 베렌스 1902년 디자인의
국산 1호 선풍기
디자인이 지금 비로소
소박한 권위다, 권위를 소박화하는.
국산 1호의 권위다. 앙증맞은 세 개 날개, 켜고 끄는
똑딱 스위치 하나만 있고 세기와 높이, 방향,
예약이 없다.
기능이 디자인이다. 한 해 만에 단종되었고
지금은 디자인이 기능이다, 부의 상징이 가난의
기억을 소중하게 수놓는.
1966년 금성사가 5백 대 출시한 흑백
텔레비전은 외모와 운명이 사뭇 달랐다.
전축처럼 다리 네 개 달렸으나 눈에 보이는 친절한

과정이 없고 브라운관만 있었다. 그 외계 눈[眼],
너무 커서 원인도 결과도 원인이자 결과도
넘어서는 정체불명 대박이었다. 쌀 스물다섯 가마보다
더 비싼 가격에 구입 신청 경쟁률 20 대 1, 10개월
할부 판매는 50 대 1. 국산 1호 흑백
텔레비전은 더한 부의 상징이지만, 아직 그 주위로
가난이 우글거릴 뿐
뚜둑뚜둑 돌아가던 채널이든 더듬이 같은 안테나든
백 년 더 지나도 골동에 미치지 못할 것 같다.
만지면 사라질 듯한 어떤 역사의
육감이 그 시끌벅적한 대박 스토리에 도무지
묻어날 수 없는 까닭.
보자마자 충격보다 충격적인
그림의 충격은 없다. 어떻게든
그림이라면 말이지.
시력보다 더 빠른
색이나 모양이 있고 더 나아가
부분 이전에 전체가 있는 것처럼 말이다.
그 충격을 수습하면서 비로소 우리는

작가의 세계관에 감탄한다. 그림이
걸작이라면 말이다. 여러 번 보았더라도
기시감旣視感과 다르고 다른 작가의
작업 과정과도 다른
그림의 노동이 있다. 마치
느닷없이,
너무 가까이 다가선 것
아니냐는 투.
누가, 내가, 그림이? 그 질문
가당치 않다는 투다.
그림 자체의
충격이 있다. 우리가 거룩이라 부르는
모종의
전신全身이 있다.
일순 우리가 도저히
헤어날 수 없는. 왜냐하면 우리가
전신의 전신이므로
꽉 차 있는 그림의
충격이 있다.

렘브란트 「돌아온 탕자」가 말 그대로

후일담에 지나지 않는

그림의

충격이 있다.

그리고 그렇다면 그다음은

반영의 어감語感이 있다.

물의 요정

운디네Undine 때문에 잔혹 동화가 있고 그 반영인

베르가마스크**가 그 반영인

베르가마스크 어감이 그 반영인

밤의 가스파르***가 그 반영인

밤의 가스파르 어감이 그 반영인

그 너머가 있다.

지나놓고 보면 파시즘이 양차 세계대전 사이 독일

인간종種이 발한 생존 본능의

광기 같다.

파시즘이 제1차 세계대전의 산물이고 제2차 세계대전의

원인인 것이 겪은 순서로는 맞지만

지나놓고 보면

제1차, 제2차 세계대전이 파시즘의
원인이자 결과다. 광기의 예언도 그렇다.
순서로는 맞거나 틀리거나 둘 중 하나지만,
지나놓고 보면 사건이 예언의 결과 같다.
그리고 지금도 파시즘은
광기가 광기를 예언하고 실현하는
광기의 예언이다.
모든 풍경이, 자연의 것은 물론 인간의,
건조한 재정財政을 제외한 모든 것이 사악한
아동의 마법 성城 되어
그것에 빨려든다.
내가 르네상스 페스트 노스트라다무스
생존 본능
디자인에 대해 말했다.
서로서로 외딴 느낌의 병영들에 대해
그리고 공포를 주제로 수다 떠는 연예
프로에 대해 그리고 평론가가 자기 사진에서
뭐든 자꾸 쫓아내려는 것과 영화감독이
자기 영화에 뭐든 자꾸 집어넣으려는

것에 대해 말했다.

섯.

* 『디자인 극과 극』(학고재, 2010) 저자.
** 「Suite Bergamasque」. 드뷔시 피아노 곡.
*** 「Gaspard de la Nuit」. 라벨 피아노 곡.

치매 계산

들국화 전인권과 소설가 박민규

둘 다 선글라스 꼈고

썰은 주로 젊은 소설가가 풀지만 늙은 가수가

어유, 손사래 비슷한 소리를 내면 젊은 소설가가 절로

어유, 정말 손사래 치는데

전인권은 모종의 직후고, 박민규는 직전이다.

뭐, 이유 없이 세상한테 황공한,

그런 식으로 나이 차를 극복하자는 거지.

골 때리는 질문에 박민규가 우리 한글 쓴 지

백 년밖에 안 되었다, 답한 수준의 근사한

좌담 썰을 내가 몇 개 더 알고 있다.

박민규 전에 소설가 성석제가 문학은 문학성을 위해

하는 것이다, 했고 박민규 뒤에 소설가 김영하가

세계문학 아니라 독자 확대를 위한 번역이다,

했고 시인은 실로 오랜만에 김영승이 인간들,

싸우다 싸우다 더 이상 싸울 게 없어

자기 자신과의 싸움 운운한 게 벌써 몇천 년이고

지랄도 그런 지랄이 없다, 했다.

내가 듣기에 이 모든 것이 어유, 손사래이고,

적어도 되돌려준다 부처를 만나면
부처를 죽이라는 금언의
살벌을
정확히 그 금언 탄생의
때와 장소로.
슬플 때는 베토벤이 무지 슬프지. 슬프기로
작정한 것처럼…… 뭐 그런
주체가 한없이 모호한 내용도 담긴 것 같다.
우리의 불만보다 더 저열한 막장 드라마를
우리 모두 원하지만 그래서는 안 되지 않나, 하는
어유, 우리의 불만을 우월화하는 비성년*
로망의 거울 완벽이 좋겠으나 그게 생은
아니잖나, 하는 어유, 우리가 멋대로
약자를 자처할 권리가 어딨나, 하는 어유.
말도 안 되지만 또한 말도 안 되는
치매를 계산하자면 우선
술 안 마시는
치매가 있다.
거의 작정하고 말이지.

그리고 술 퍼마시는

치매가 있다.

자포자기로 말이지.

답은 이미 나왔다. 전자가 더

성가시지. 영역 구분이 없는

치매다.

하나는 의학적 문제고 다른 하나는

사회적 문제다. 하지만

술 퍼마시는 내가 지나고 보면

술 안 마시는 치매에 더 정이 가고 슬며시

웃음도 난다. 아마도

술 퍼마시는 나의 마지막

보루일 것 같아서 말이지.

이유 없이

잘난 체할 수 있을 것 같은 보루, 세상이

말짱해서 이만큼 유지되는 것인 줄 아느냐

이유 없이

호탕하게 웃을 수 있을 것 같은 보루.

아내가 곧 (세월이 얼마나 빠른지) 술 안 마시는

치매에 들 것이고

내가 곧 (세월이 있는 건지 없는 건지)

술 퍼마시는, 혹은 퍼마시던

치매일 것인데

한다 하는 것들 가운데 진짜 제정신인 놈들이

아무리 크게 잡아도 10퍼센트가 되겠나?

뭐 그런 대중성의

질문이 이유 없이

안심으로 되는

술 퍼마시는 치매가 술 안 마시는 치매

품속을 파고들 것 같은 보루.

낮의 식구와 밤의 손님들 모두

큰 발 성큼, 얼음의 대륙.

장난은 결국 99퍼센트 기괴하고 그러고도 방정이 나머지

1퍼센트가 되지 않는다.

끝까지 희극적이기가 그렇게 힘들다.

고통도, 냄새가

그리 희극적으로 지독하건만.

뱀 한 마리 뱀 상태로 평안해지는
눈에 보이는 그 시간의 비유를 온전히
받아들이니 운명은 처형의 명징을 위해
냄새를 벗는 시간.

* 非成年. 문학평론가 이광호가 쓴 용어.

2장

지네

끊어질 듯 이어지는
지네는 그 유연한 동작으로
끊어짐이 이어짐이다.
거꾸로도 마찬가지다.
지네가 음악을 듣는다.
제 몸과 똑같지만,
혹은 제 몸과 똑같아서,
다리가 있으면 좀더 그럴듯하겠다
느낄 것이다.
생각이 끊길 듯 이어지는
시간과 지네 사이
음악이 있고
지네의 꿈은
음악에 미치고 시간에 못 미친다.
지네한테는 어느 차원에도
지옥이 없다.
나는 지네가 된
지옥 중.
너무 달려서가 아니라 너무
먹어서다.

과거와 가족의 소송

부모 제적등본 본인 재소자 신분증 소송위임장
사건 위임계약서 기타 등등 내고 서울고등법원
피고인소환장에 불려 가 38년 만에 긴급조치 9호 위반
사건
무죄 선고받았으나
어쩔 수 없이 내가 죄인이고 나만 죄인인 악몽,
가족의 소송은 남아 있다. 할 만큼 했다는 자위가
뒤늦어 더 뼈아픈 형벌인 가족의
소송은 남아 있다.
등기필증, 그러니까 집문서는 요즘 법적으로
아무 쓸모가 없지. 청첩 보낼 주소만큼도 흥미롭지 않고
가부장이 집문서 훔쳐 팔아 식구들 하늘이
무너져 내리던
절도의 권위는 이덕화 주연의 대하드라마 〈한명회〉보다
훨씬 더 전에 있다.
옛날 사진은 갈수록 실종이
명징해서 옛날 사진이다. 세월을 삭제당했으니
무죄 선고가 꼭 어제 먹은 술 이제 깨는, 혹은
필름 끊긴 기분,

의 맨 정신이고 그렇게 38년 전 선배와 친구들
38년 만에 38년 전으로 만났다. 38년 전 빼다 박은 몇몇
거룩한 최후진술 괴롭군. 그런데 그때 대학
1년생은 4년생보다 3년 어리지 않고 대학
초짜, 인생 초짜였어. 상처가 엄청 컸겠구나. 대학 4년
노털이던 내가 38년 만에 그걸 알았으니
38년 만에 무죄 아니라 모르던 38년만 무죄인 것 같다.
노태우가 짓고 전두환&노태우가 반란죄
유죄 선고를 받은 법원 건물 외관
드높은 계단 치솟은 기둥이 법의 권위를
무지막지 세우고 내부 기둥들 더 어마어마해서
정의의 여신은커녕 법의 운명 너머
운명의 법 같다.
그러나 그전에
내 아파트 엘리베이터에서 죽은
지렁이를 보았다. 요새 초등학생들 머리에 머릿니
창궐하고, 결핵이 유행이라고 들었다.
떨어진 동전을 주웠다. 어쩔 수 없이 내가 죄인이고
나만 죄인인 악몽, 가속의

소송은 남아 있다.
길, 캐서린, 세라, 닉, 워릭, 짐*
너희들이 하루아침에 10년
훌쩍 늙는 것도
슬프다, 늙지 마라.

* 〈CSI: 라스베이거스〉 등장인물들.

전체의 선택

스피커 하나에도 이상한 일의 이상한
위치와 방향은 있지만
모든 선택은 전체의 선택이다.
우리는 결국, 끝까지, 마침내, 죽음을
무덤으로 만들밖에 없다.
그 말을 우리가 앞으로도 숱하게 하게 될 것이다.
사회주의, 이상, 현실, 환상,
언저리 흐릿함으로만 액정인
그것들이 아주 옛날 애인의 사망 소식을 접한 날의
아주 옛날 그 애인과의 첫 섹스 기억과 같다. 청초하게
깊어야겠지. 편재와 집중, 생각의
그리고
난해와 응축, 몸의
접촉과 투명의. 불가능도 구축되지 않는다면 불가능
아니고 그게 우리의 가능이고 가능도 불가능이다.
마드리갈과 달리
거꾸로 상태로
앵앵대는 섹시가 비극적인 일본풍 아다지오
메모시는 크고 의당 꼬박 채우라는 뜻 아니지.

꼭 남길 것 말고는 일부러라도
공백까지 버리라는 뜻이다. 처음이면서 달아나는 액정,
완력으로 불가능한 것을
알면서도 완력일밖에 없는 완력을 풀라는.
눈먼 오르간 연주는 투명의 막이다.
양쪽을 양쪽으로 보여주고 양쪽임을 보여주고
양쪽보다 더 먼저 제가 하나인 것을
보여주고 들려주는.
하나인
투명한 제련이 있다.
주름살로 맑은 노인이 있다는 듯이.
사라진 것의, 사라짐의
유령도 섹시한
전망이 있다는 듯이.
너무 늙어버린 세월의 사자는 많다. 동물 얘기가 아니다.
어떡할래 생명들아 생명을,
인간 얘기다. 거꾸로 생각하면
손가락의, 팔의, 가슴의, 머리의, 양분 아니라 정확히
10분이다, 생애 마지막 3년 비로소.

1930년대가 들리는 것도 아닌데 더 잘 보이고

보이는 것도 아닌데 더 잘 들리는

내가 죽은 다음인데도 다름 아닌 내가

아주 먼 데서 간절한 것 같은.

누구나

끝나는 것은 영롱하다는 듯이.

언제나 선택은 전체의 선택이다.

자판을 털면 머리카락, 담뱃재 떨어진다.

우수수 떨어지지 않고 끈적이듯 떨어진다. 진드기도 늘

출현이 임재 못지않게 느닷없다. 편안은 앵거스 입맞

춤이

새들로 변형되는 그 중첩 과정이고 그 후지.

나의 정렬 밖으로 책들이 책들 밖으로

책갈피들이 튀어나오는, 순전히 튀어나오는

기쁨 위해 숨어 있었다는 듯이 튀어나오는

탁월한 선택이 있다.

몇백 년 전 셰익스피어 도플갱어도 인용과 각주도 절

약의

신물 못지않게 탁월한 신댁이다. 그 옆에 크리스도피

말로 있으면 편안하지. 몇백 년이 결투의 피비림은 물론
　생의 파란만장까지 다스리고 처음부터 몇백 년 동안
　친구였던 것 같다.
　모든 선택은 전체의 선택이고
　탁월하지 못한 비극이 있고 운명신들이 여성이고,
　그렇게라도 성이 극복되어야 한다는 듯 비운의 신이
　여성의 여성이고
　산탄총 청부 살인으로 숨진 여대생
　비운의 여성 비명非命은 물론 비운과 비명 사이
　비행기 사고는 물론 거리의 자동차 사고보다
　더 어이없는
　가장 어이없는 비극의 말[言] 얼굴이 그리스비극 복수
여신이다.
　햇볕은 베토벤 고통, 어찌할 것인가 이 사태를.
　아무도 책임질 수 없는. 연민으로 위안을 전달할 뿐인.
　절정일 때 절정의 요령이 필요하다.
　어찌할 것인가 생명들아
　그 생명을. 마지막으로, 우울한
　하나님 쬐끔 있으면 안 되겠는가.

모든 선택은 전체의 선택이다.
최초 살인 흔적을 지운
음악은 숲속 먹이사슬과 다른
실내가 운명이다.
모든 것을 용서할 수 있는 참혹 전쟁 와중
악기 자리와 무대 복장이 숭숭 뚫린 누더기
연주회도 실내가 운명이다. 혹한과 슬픔의 천 년
아비규환으로 눈썹 뭉개진 러시아 소녀,
미녀들, 강건한 아줌마들,
2001년 1월 1일 결혼식.
2011년 1월 1일 아마 2111년 11월 11일
결혼식보다도 더
두고두고 낯설
이 녹슨, 새로움은 무엇인가. 실내가 운명이고
모든 선택은 전체의 선택이다.

내가 살려고 짓는 집

이런 날벼락이 있다.
빙하 밑 잠자던
2,350년 전 전나무
빙하 옷 입고 빙하기인 줄 알았는데
혹은
빙하 옷 정말
어울렸는데
벗으니 지구온난화
이런 날벼락이 있다.
벗어놓은 안경도 있다.
장소마다 다르다 가령
맨 탁자 위 벗어놓은 안경은
휴식이 짧고 단단하지.
연주자마다 그 전에
악기 연주마다 다르다
가령
피아노 연주는 노고의
아름다운 연장.
땀 흔적 없다. 그것 없이도

충분하다는 듯이.
그러나 가장 특별한 것은
악보 위 안경이다. 왜냐면
그것이 바이올린, 야자, 그리고
산으로 확장되고 그렇게
고음에 익숙한
여자와 바이올린이 한 몸이다.
저음에 익숙한
여자와 첼로도 한 몸인 식으로
바이올린과 여자와 첼로가 한 몸이고
바이올린에게 여자가 여자고
첼로에게 여자가 여자일 수
있다고 치자.
난산에 익숙한
산과 여자가 한 몸인 식으로
산에게 여자가 여자일 수
있다고 치자. 그건
떠나간 여자라서 가능하다. 그건
불가능하거나 불가능했넌

여자라서 가능하다.

미인은 언제나 흐트러지는 미인이지만

30년 전 흐트러지던 미인은 지금 흐트러지는

미인이 아니다. 빨간 구두와

붉은 구두가 있다. 유년 기억을

넘어서 있다. 뾰족한 붉음들만 있고

바이올린, 첼로,

홀로 유일을 형상화하는

현악기가 금관악金管樂

광상狂想에 달한다.

나는 몇백 년이 됐는지 모르는

배꼽

깊고 은밀한 냄새의

시대착오만 남는다.

비로소

있는 것이 다름 아닌

폐가이다.

길이 시원시원 뚫리고 교통이 내비게이션보다 더

복잡한 것이 언제부터인가 우리는

집보다 길을 더 좋아하는 민족이다. 길이

역사는 아니지. 단종 비 사릉 지나 광해군묘 가는 길

쭉 뻗었고 그 길에

아직 정원수가 운치를 다 잃지는 않은

그 폐가

아내 어릴 적 장인 성묫길에 유럽풍 저택이었다.

교외의

저택들만 폐가가 될 수 있고 그 폐가

구한말 문제의 조선인들 아니라

난데없이 하늘을 덮친 점령군, 한국 현대사

군사정권의 고속도로 때문이었다.

장모 2주기 영락동산 성묘 마치고

토종닭 삶아 파는 임해군묘 근처

옛날 집은 160년 된, 임해군 후손이 살던 집이다. 광해군과

임해군, 왕조가 버렸으되 아주 버릴 수는 없었던

거리가 이리 비슷했으니 죽어서 같은 핏줄의

피해자라는 이유로 화해했을까?

그러나 길은 역사가 아니고

장모 2주기 영락동산 영락교회 묘원

성묘

거룩 또한 통속 속으로 길이

시원시원 뚫리고 그러니 무너지는

슬픔의 주체, 사랑의 기쁨은 어느덧

사라지고 사람 목소리

슬프지 않을 수가 없다.

연민은 슬픔의 슬픔

어떤 노래든, 턱살 처진 사랑 노래까지,

절창일수록 그렇다. 국적도 없다.

기쁨이 가장 슬플 때까지 그렇다. 슬픔이 똑똑

끊어질 때까지 그렇다. 나를 깊이 사랑해달라는

애원이 악문 어금니를 끝내 버틸 수 없다.

돌아오라, 돌아오지 않는다. 바다로 가자, 무슨 헛소리.

이탈리아어 발음의 활달도 마무리 여유도

슬픔의 시간에 젖으며 우스꽝스럽고

깜찍하고 거짓말하는 눈이 있다. 후회 없는

후회가 있다.

네가 나보다 더 행복한가?

누가 잊겠는가 그 시절을?
심장은 어디 있는가?
무너지는 슬픔의
주체한테 있다.
그리고 마침내
내가 살려고 짓는
집이 있다.
샬랴핀이 죽은 그날 왜 그토록 헤맸는지
혹은 헤맸다고 생각했는지 혹은
지금도 그리 생각하는 중인지 모르겠다. 그가 죽은
그날 우리는 차분히 장례식을 준비했는데.
죽음의 목소리인 그의 목소리가 모든 죽음은
돈키호테 죽음이라는
전언으로 끝난 그날 우리는
멸망을 알았다. 그는 역사도 혁명도 절망도 아닌
어머니 러시아였다.
지압
쓰리빠 때문이군. 지압 쓰리빠
열여덟 시간을 신고 있으면 그새 화상실 다녀오고

밥 먹고 담배 피우러 가스레인지 불꽃 부엌과 베란다
오가고 책 CD 정리하느라 비로소 아주 아프고 비로소
이 일들 모두 전보다 더 소중하다.
무엇을 하든 무슨 글을 쓰든
나는 내가 살려고 짓는 집을
짓고 있다.
고등학생 가출의 햄릿
'살 것인가 죽을 것인가 그것이 문제'
독백이 경제적으로 무르익으면 바야흐로
마르크스『자본론』이다.
고상高尙이 더 낮은 자리로.
시 한 편 한 편이 생활의 날로 새로운
문법이고, 시집은 그 건축물이다.
샬랴핀이 죽은 그날 그토록 헤맸다.
지금도 그리 생각하고 있다. 그가 죽은
그날 우리는 차분히 장례식을 준비했다.
격정을 더 격화하는 격정의
피살이 있다. 격정 때문에 그리되었을 것이라고
믿을밖에 없는 격정의

피살이 있다.
유괴는 더 많은 세대를 한 30년
뒤흔들지.
전후좌우도 없다.
그것들 벗기 위하여 우리가 차분히
장례식을 치르고
우리가 살려고 짓는 집을
짓고 있다.

장마의 연대年代

미래 부족들 언어는
무술武術이 각각 서로
아주 약간씩
기형인 것 말고는
의성과 의태가
만물로 꿰뚫린
한통속이겠지.
관념의 관념을 벗은
미래 부족 언어는
말 그대로
허튼 수작 없는
인구人口겠지, 감동적으로 거세된
신神의
복수 아니라 단수.
흐몽, 자오, 따이, 타이, 눙…… 새끼손가락보다 훨씬
짧고 얇은, 53개로 구성된 베트남 소수민족 미니어처
도자 인형들 하나 떨어져 잘려 나간 모가지를 접착제로
잘못 붙였다.
기형 생겼다. 어쨌든

모으는 사람 따로 있고 내가 그 후를 본다.

볼륨이자 앨범을 내가 본다.

곤돌라 움직임의

크기와

장조 단조

그 너머

볼륨이 있다. 보인다.

홀로 부르는 노래라니

아가雅歌를 오해한 거지.

세도막형식이면 코다,

벌써 네 명이다. 반드시,

마침내, 결국

장송곡이지만, 미리부터

장송곡일 리 없다는 듯이.

우선은 봄노래 있고 그다음이

방적공 노래.

수의 짜는 일은

가수 몫이다. 그러니

볼륨이자 앨범을 내가 본다.

멜론 원圓의 모성을 또한

내가 본다. 씨를 자신의 가장

당도 높은 양수로 품고 그것을 당도 높게 농익은

순수 노랑 육肉으로 감싸고 그것을 강한 청춘의

초록 근筋의 육화로 친친 두르고 그것을 다시

노년보다 더 쭈글쭈글 투박하고 끈질긴 껍데기 바가
지에

꽉 채워 담은

멜론 원의 모성이 또한 우리 사는 도시를 감싸고 있을

거라.

아니면 이렇게 썩어 문드러지면서도 이렇게 버틸 수가

없다. 그것을 우리가 뭐라 부르든

성聖은 식물성만 남았고 생각해보면 원래 그랬고

대문자 신神이 체념의 깜짝 계획이고 생이 만남의 중
독이었다.

실내는 말 그대로 별 볼 일 없는 실내지.

에스프레소 없는 에스프레소 잔으로

죽음을 비워낸들

육이었나 색이었나

초콜릿 진했던 그녀 인상이 백김치로 퍼지는 것을
하릴없이 바라보는 것은 내가 죽음의
노인 되어가는 일이다. 고궁박물관과 정반대로 유명의
향연만 극성이다.
늙음이 너무 늙다 지쳐 제 혼자
정신 차려보면 자신의 정체를 모르고
나의 젊은 날이 바로 내란 음모지. 여행은 길수록
모종의 축음기 배호를 듣는 노추老醜
문상이다. 하는 일 없이 되는 일 없이
하면 안 되는 일만 있는
수렁 속에서는 눈에 띄게 연로한 노인이 기분 좋기 마련.
젊은 때도 주먹이 오가지 않았던 우리가 이제 와
격하게 싸운다면 노추일밖에.
목요일마다 나가면 목요일 반복되고 격주 목요일이면
격주가 반복된다. 격주
목요일 아니라. 동네가 변하면 낙지볶음밥 매운맛도
변하는 것을 세월이라고 했었나? 불륜의
장소만 반복이 없다.
과녁이 뭔지도 모르면서 맞히기는 어김없는

저격수들, 누군지도 모르면서

너무 많아서……

　나이보다 더 쭈글쭈글 투박하고 끈질긴 껍데기 바가지에

꽉 채워 담은

멜론 원의 모성이 또한

우리 사는 도시를 감싸고 있을 거라.

컬러가 오리지널이고 흑백이

마침내 흑백이다.

〈Ready Steady Go!─Otis Redding Special〉(1966)

Complete show!

끊어졌던 필름 이어져, 춤추다 사라졌던

소녀들 춤추며 돌아왔다. I can't get no satisfaction

날씬 날렵하게 흔쾌히

히프를 전후로 흔드는 그들 My Girl, 흑백

분간이 안 되고 눈가가 조금 검고 히스패닉

같기도 하다. 흑인 오티스는 처음부터

노골적으로 찢어진 soul

목소리가 더욱 짧게 짧게 끊어 치는

호흡이 감동의 도가니를 주조하고 그 소녀들,
　꺼정하게 리듬 타며 박수만 치던, 어색했던 흑백 각자의
　춤들을 모아간다. 백인 초대 가수의 「Hold on I'm
Coming」,
　「It's a Man's Man's Man's World」 때 잠시 숨 고르고,
「Pain in My Heart」, 급하게,
　「Shake」, 급하게 정지, 「Shake」, 급하게 정지, 그리고
휘몰아치는 Na nananana
　Nanana nanana⋯⋯ 뒤섞였다 흑백, 관객들의 춤이.
　하나도 어색하지 않다. 왜냐면 실종된
　혁명이 여기 또 하나 있었다. Credit 빠르게, 기뻐
　날뛰며 올라간다. 런던
　무대 공연. 필름만 흑백필름이다.
　진짜 관객 쇼였다. 오티스 레딩이 이듬해
　26세로 죽었고 그래서 그때 어린 소녀들
　여전히 어린 소녀들이다. 남한 최초 스테레오
　김치켓 녹음 음반 『검은 상처의 블루스』가
　1962년이고, 소울 음악은 1968년 쌍둥이 자매
　펄시스터즈가 「님아」로, 1969년 김추자가 「늦기 전에」로

데뷔하면서 대단하고 섹시했었다.

얼마 전 〈TV 50년 쇼는 즐거워〉에서 나이 든

필시스터즈 보았다. 40년 만에 처음으로

함께 부르는 노래라고 했다.

컬러가 오리지널이고 흑백이

마침내 흑백인

장마의 연대도 있다.

필경 죽을 것을 알면서도 생계를 꾸려가는 것이

인간이므로 우리가 불가능하다고 생각하는

반 이상은, 지레 포기한 것의 다른 이름이다.

그렇게 장맛비 내리는 장마의

연대가 있다.

장마철 아니라 장마의 연대다.

부드러운 영혼에 구질구질한 인생의

탄식은 그러나 한 백 명의, 한 백 명이

테너이자 소프라노이자 바리톤이자 베이스

검고 청정하고 높고 낮다.

비참이 현대적인 가정家庭으로, 운 좋으면 다시

하나의 가구家口로 왜소화하지. 정말

입만 살아서 말이다.

뒤늦은 러시아 테너 등장이 소비에트다.

베니스 충격이 의외로 낡았고, 그게 낯설고, 심지어

설렌다. 늦은 시간의 너무 늦은 중첩 혹은 추돌,

너무 빨래서 비까번쩍 들쥐처럼

들까부는 비극이 있다. 마지막으로 남은

기껏해야 잊힌 바리톤들이

더 잊힌 에피소드들을 슬퍼하는 바리톤들이다.

은밀보다 더 어두운

암살마저 씻어내는 장마의

연대가 있다.

그리고 그러므로

응집 창窓 응축,

어린 피아니스트가 피아노 국제 경연

연주 속에 있다.

연주가 상자 속 같다. 심하면 화가가 화가

서명 속에 있는 것 같다.

어쩌다 그리 들어가게 되었는지 모른다,

는 나의 생각이고 어쩌다 그리 들어

오게 되었는지 모른다.

작곡이 상자 속 같다. 그리고 작곡과 연주

시차時差가 아주 어렴풋이 형용사

'편하다'를 건넨다.

연주를 하고 있기는 하다. 아니 그가

연주이기는 하고 그게

연주이기도 하다. 기억나지 않고 기억이

묻어나는 것 같기도 하다. 기억이 그를 불러내고,

그가 기억의 상자 같기도 하다. 연주가

그를 벗었다,는 나의 생각이고

작곡의 상자가 작곡을 벗었다. 악기의 상자가 악기를

벗었다. 나의 세계가 끝까지 이어질 수 없다. 그러니 나의

연주가 끝까지 나의 세계일 수 있을까?

그렇게 어린 피아니스트가 피아노 국제 경연

연주 속에 있다.

그리고 그 밖은

실비아 플라스의 아리엘이 다리 부러진

말[馬]과 말[言]······

그래서 절뚝거리는 것이 항상 그녀지.

2백 년 전 전설의 eclipse 이래

명마들이 전시 영웅과 오래된 착한 시대

상징을 오락가락하고 그래서 영어

사전에 오른 말도 있지만

실비아 플라스

그녀의 아리엘은 고고학 골격도 조상도 어이없는

엉덩이 몸무게도 어이없는 총살도 아닌

말과 말. 그래서

절뚝거리는 것은 항상 그녀

죽음이고

말[馬]한테 가장 안 어울리는 것이 말[言]

비석이다.

미로 활성과 동그라미 등식等式

내가 나의 총체를 찾아 돌아다니는
미로가 나의 총체이다.
즐겨 찾는 미로이다.
괴팍하고 서투른 스웨덴 터치쯤의
피터 팬이 출몰하는 재탄생,
나의 미로에 미혹되는 방식으로 내가 그 미로를
빠져나오는 나의 총체이다.
흐린 음악이 그리 영롱했던 까닭과
거꾸로인 까닭
겹침이 나아가는
미로이다.
진가는 뒤늦게 알수록 진가이고 특히
즉흥 음악으로 사라진 출중한 선생과 제자 들이 있고
그 안에 누군가의 아버지와 아들도 있다.
너무 많아서 미로가 미로
구성이다. 오늘 미로의 사정이 저마다 있고
동일은 너무 무지막지해서 동일한 무작위지.
나 홀로, 나 홀로가 이리 듬직하고
장하다. 연도가 비非인간과 비역사

숫자의

위용을 되찾는다.

자신이 미로인 것을 기꺼워하는 미로가 있다.

내가 즐겨 찾는 미로고 바로 그대이다.

마지막은 목록이지만 나의 미로는

그대의 마지막 목록 안팎의

활성이지.

마지막이 더 여러 겹일 것은 없다. 오히려

아주 낡아버린, 나달나달해졌고

그래서 마지막이고 그래서 여유의

슬픔이 딴딴한

목록이다.

슬퍼할 기운조차 없이

우리가 남기는 카드 아주

간결할 것이다.

늙음이, 다했다고 하는 것이 어찌 이리

타인에게 무정할 수 있나? 종교가 최종적으로

삭제된 시간의

목록이다. 네모진 히브리어 『성경』이 갈수록 텅 비며

네모져진다. 너의 이름이 기억나지 않는다,

바가텔, 엘리제, 누추한 로맨스, 헌정, 최후의

앙코르…… 너의 이름이 생각나지 않고 그것을

상기시키기 위해서만 있다.

애청하는 지옥이었나 그

격상이었나? 노래 선율이 제 가사

뜻을 뛰어넘는 다정한 최후였나, 아름다운 연습의

마지막, 창백을 능가하는 투명이었나,

목차만 남는 목록이

목차로만 남는? 아무래도 '만'이 걸리는군.

최후에도 동반자가 필요하다는 것처럼,

최후에는 위대한 공포조차 비루한

동반일 것인데 말이지.

지금 원한다면 우리가 죽어서

춤의 국적 정도는 얼마든지 되겠지만

그렇게 보면 죽음이 완벽한

춤이다. 아양 떠는 위안의

의상도 없다.

들으면서 듣지 않고, 무엇을 들었는지

기억해내야 하는 이 노년, 참으로 무거운

이 숙제를 이제 와서 우리가

숙명으로 불러왔다고?

그러나 즐겨 찾는 그대의 목록

활성

안팎과 앞뒤에서 그 의문 서서히

거세되는 의문이다.

「피아노소나타 29번 Op. 106 '하머클라비어'」를 후대

가 툭하면 만년작에

안 끼워주는 것은 '하머클라비어', 너무나

완강하고 긴, 완벽한 죽음이었기 때문.

만년의 베토벤을 내내

망치질했던 죽음 말이다.

그리고 다행히 그런 죽음만

있는 것은 아니다. 그와 정반대로

동그라미 등식

죽음도 있고 그것이 없다면

일상이 정말 지루하고 따분한 섹스다.

거꾸로가 아니지.

매번每番도 없다.

성聖은 언어 이전에

벌어진 일, 거의

저질러진 일. 거꾸로가 아니라니깐?

욕계欲界에서는 모든 신한테 모든 대상이 쾌락의

대상이지. 남녀 신들이 서로 마주 보는 것만으로

음욕이 만족한다. (그러니 남녀가 있겠나) 아들을 낳으려는

생각이 아들을 무릎 위로 대령한다. (그러니 아들이

아들 같겠나) 이 신들 키가 3리, 수명 1만 6천 년……일상이

정말 지루하고 따분한 섹스이니

화엄이

뭐니 뭐니 해도

등식이다, '꽃=장식=동그라미=수'의,

'갈마=계율=제의=작법'의, '총체=미세=사고'의,

'시간=방편=법法'의, '무음無音=대문자 신神=광명=말[言]'의,

'숫자=나열=분류=계단=전체'의

'흙덩이 물질=물거품 인상=아지랑이 표상=최초 의지 충동=

몽환 순수 감각 의식'의.

무엇보다 '율동적'의.

인연이 자질이고 그래서 선재善財고

뜻이 육감六感이고 선禪이 정定인

동그라미가 만물의 만물 사이 등식이다.

평생의 연습과 막간의 눈먼 기적을

등식화하는

동그라미 등식이다.

지루하고 따분한 섹스인 일상을

매번

섹스가 지루하고 따분한 일상으로

혁명적으로 바꾸는.

성모마리아 2천 년에 걸쳐

멀쩡해져온 것보다 훨씬 더 멀쩡한

그 안에서 성모도 마리아도 멀쩡하다.

왜냐면 2천 년에 걸쳐 아니라

2천 년이 출산이었다, 21세기의,

20세기 참혹도 동그라미 등식의

일개

디자인이다.

과하지, 겸손도 경악도

울분은 물론 깊은 상처도.

가장 중요한 것은 현재 괴기가 현재 괴기의

수명을 다할 때까지 과거 괴기의 과거 수명을

연장하고픈

유혹에 빠지지 않는 일이다.

자거라 한잠 더, 나의 제자들아.

늦게라도 반드시 거쳐야 그 직후를

비로소 알 수 있는 것들이

여전히 있고 여전히 더 중요하다.

예언의 시대가 예언자들 시대

이전에 끝났던 것이다.

Viking Portable Library Dante Design

CD 두 장으로 줄이고 싶은
애매가 위대한 전집이지만
어딘가 뚱뚱해서 이중창을 크게 망친
옛 사랑의 가사가
활판인쇄로
기똥차게 남아 있을 것이다.
야심 없는 초기의 저력이, 비치지 않는 거울 속 불후의
거장이, 투박한 『중국어 사전』 디자인 속 민망한,
어여쁜 『일본어 자전』 살색 속옷 디자인이
남아 있을 것이다.
온화한 할아버지 처음 같은 한자 부수가, 빨간 부수
색인이 남아 있고
그 많은 색 가운데 오로지 빨강이 한번 빨강은 영원한
빨강이다.
온갖 바이올린으로 거칠고 하나의 바이올린으로 따스한
자장가가, 경박하다는 위력이,
내 목소리를 팔색으로 더 굵게 한 영원의 누이가, 낮의
처녀이자 밤의 여왕이, 한글 목판 집자의
악기로 남아 있을 것이다.

아름다움은 무엇보다 흐림을 능가하는 아름다움
이지. 문제는 항상 하프시코드에서 피아노포르테로
넘어가면서 겹치고
나치풍으로 추하게 늙을 것을 안다면 어느 여성도
나치풍으로 아찔하게 아름답지 않을 것이다. 그
세월 앞에서는 차라리 갑골 음훈이 서정적일 것.
초서가 난해의, 행서가 품격의 보석일 것. 수줍은
소비에트 신동처럼 남아 있을 것이다. 웬 텅스텐과 웬
속 빈 수도 파이프의
완전처럼 남아 있을 것이다. 이제 여자 목소리
쇠꼬챙이로 어둠을 물리치지 않고 제소리로
더 깊게 한다. 성문 외에 해설의
건축이
남아 있을 것이다.
모든 것을 진정시키는
천연 색색
죽음이 남아 있을 것이다.
그래서 노래의
미래의 은발이, 모든 것을 예술화하는

미래의 카탈루냐, 카탈루냐
지도가 남아 있을 것이다.
CD 두 장으로 줄이고 싶은
활판인쇄
옛 사랑의 가사가
그래서 애매가 더 위대한
전집이기도 할 것이다.
그러므로 그러나
목전目前의 중세中世 너머
육체가 흔들리는 성性 정체를
마구 흔들어버리는 대신 아름다운 아름다움의
비극을 택하고 차라리 지상을 떠난
현악도 결국은 또 하나의 육체, 명징이 더
비극적인 아름다움이니 몸과 음악이
얼마나 더 견딜 수 있나, 견뎌야 하나?
그러나 그러므로
나의 열정이 뚱뚱한, 장미보다 더 달콤한
목전의 중세 너머
엘리자베스 여왕 향해 떨리는 목청의

기奇를 높여 괴怪를 낮춘다.
치매를 내려다보며 떨어지는 자기 연민의
눈물도 목전의 중세 너머이고
사과 한 알도 햇빛이 응결되며 육체의
처참을 벗은 기악이다.
누가 세상에 육체로 태어났으므로 경멸받지
않았다고 말할 수 있나? 꽃의 육체에게도 아름다움은
환상보다 더 멀다. 전통적인 생일이
몸을 가까스로 몸이게 한다.
뭔가를 아름답다고 하는 우리의
까닭 모를 슬픔이 있다.
순정적은커녕, 난자당한 예수 몸
고음이라 가까스로 찢어지지 않는다는 듯이.
육체가 검고 눈물도 검을 때까지.
애원, 그리고 신성의
탈육.
왜냐하면
그림이 문자로 되는
처음의 상형문자 속에 더 처음의

상형문자가 있다.

삐뚤빼뚤 쓰는

중국어 필기 인식기가 그 과정을 하나하나

나누고 다시 잇는다.

그림이 문자로 되는

처음의 상형문자 역사 속에 더 처음의 상형문자

역사가 끊어졌다가 이어진다. 이번에는 시간 아닌

공간이. 공간의

생이.

인간의 기교에 행복한

비인간의 순간이 있다. 언제 사람 되나?

아니라 우리가 정말 사람이었던 것 맞아?

아니라 생명이 일체

기교의 연민인 순간이다.

한 여자가 끼어 있는 것만으로

벌써 그리 슬플 수가 없다.

누이라니, 벌써 육체가 너무 못생긴

너무 습기 차 아름다울 수 없는

근친상간이 있고 모든 의자가 사라진 누이인

사망 백 주년이 있다.

베로니카, 안젤리카…… 단어 없이 어감만 있는.

실[絲] 제본 오래된

누이가 있다.

아리아드네 실을 페넬로페 실로 잇는

소리가 있다.

문학의 소리 이전 이야기

소리다.

그러니

어떤

장악은 아름답다 『The Portable Dante—Viking Portable Library』, 단 한 권으로 단테 생애와 작품을

장악하고, 표지의 압도적인 검정도 색깔

디자인이다.

그리고 더 아름다운 것은

단추처럼 작고 붉은 깃발 바탕에 흰 글씨

The Divine Comedy와 더 작고 파란 깃발 바탕에

흰 글씨 The New Life가 손을 약간 벗어나

악수하는 듯한 디자인이다.

시대가 모종의 장악을 벗어난다.

〈Viking Portable Library〉 표지 디자인들

내가 태어나기 전 백여 종 나왔고 그렇게

백여 명 대가가 단테 반열에 올랐다.

포가 제일 짧고 라블레나 포크너가 중간이고

셰익스피어가 제일 긴 이름인

그 디자인들 내가 대학 들어가기

훨씬 전 헌책방으로 사라졌고 이 헌책들

내가 대학 시절부터 40년 넘게 애호하였고

이따금 대문자로 꾸는 꿈이었지만

지금 가치로 2천 원 이상 호가한 적 없다. 꿈 밖으로

거인족들이 지들끼리 두런대지. 맨 처음 꿀 맛본

여자야, 남자야, 도대체 어떤 비밀이 저 싱싱하고 예쁜

젊음을 장악하고 있었다는 거야, 아깝게시리?

『베니스의 상인』이 『더블린 사람들』과 나누는

『겨울 이야기』가 그나마 멀쩡한 편.

화강암 정확히 잘라 박스에 단단히

단정하게 욱여넣은 듯

압도적인 하양도 바탕색에 지나지 않는

검은 고딕 글씨의 열 권짜리 플라톤

그리스어 독일어 병기倂記 전집은 더 정확히

2,360년 전부터 '플라톤=그리스어=독일어=전집'이고

그 곁에서 〈Viking Portable Library〉,

그 안에 『The Portable Dante』 있기에

성聖의 명징인

속俗 그 자체다.

모든 것을 단순화한 권위의

클로스 장정도, 정말 영구 소장 모양

딱딱한 '도서관' 장정도 있다.

내륙內陸으로
── 이영철과 이병창에게

부산 친구 딸 결혼식 참석차 마누라 앞세우고 아침 일찍

나서니 경부고속도로, 그것만 한 아침형이 없다.

달리는 차들 양쪽 자연도 아침 출근으로 소란하다.

서울 친구의 친구가 모는, 소리 없이 질주하는 그랜저

안에서 잠시

라캉 공부. 삐딱하게 보기. 굳이 신예를 찾는다면 러시

아 신예를

찾으라고. 고정점이 축지법이고 이론적 구성은

속 보이는 통유리 엘리베이터. 누군가의 가족 친지 결

혼식

내장이 결혼식장보다 더 화려하고 다시 고정점은 피

로연장

베란다의, 피자처럼 적당히 잘린 바다 파랑, 그 오른쪽 끝

오륙도, 더 멀리 영도, 다리, 안 보이는. 그거,

국정원 소설을 혼성 모방한 나름대로 현실 반영 아냐?

재적 298,

재석 289, 찬성 258, 반대 14, 기권 11, 무효 6. 뭐가 무

효지?

많이 걸었는데 우리가 결혼식 뒤으로 해운대 경치 전

체를 걸어서

다시마 냄새 홍건한 미포 선창까지 갔던 거 맞나? 그리고

다시 구서동 신부 아버지 아파트 혼인 잔치 속으로 들어갔다가

나 혼자 나왔다. 택시 요금 2만 원 넘게 나왔고 완월동 사창가

야광이 너무 센 지옥 못 미치고 혼돈이 유혹하는 트랜스젠더 술집 지나쳐

6·25 피난 냄새 물씬 풍기는,

이병철이 싼값에 지주들 토지 문서 사들이던

남포동, 광복동 쏘다녔다.

몇십 년 묵은 피난 국제시장 파시, 그것보다 더

오래 묵은 그 다음을 기어이 잇겠다는 듯이 도처 언덕을 힘겹게

마냥 오르는 주택가가 좋았다.

도처라서 언덕이라서 주택가라서 좋았다. 그런데 얼마나 더 올라야

상징이 산동네 실재에 달할 것인지. 새벽이 오고 라캉

의 환상도

이데올로기도 끝나고 귀경차 마누라 앞세우고 같은
차로

아침 느지막이 출발했어도 국도만 한 여행 휴식이 없다.

옛날의 말뚝박기 놀이는 정말 어디에 말뚝을 박은 것
일까?

밀양에서 다슬기해장국 먹고 밀양역, 동양식 서양식
으로

구분된 화장실, 서양식으로 자리 잡으니 바이올린 솔
로가 연주하는

한국 가곡 나른하고 은밀한 태양 께느른하다. 감 쪼아
먹는

직박구리 두 눈이 맹금인 가을이다. 초식동물이 순한
게 아냐, 우리가

먹이로 보이지 않는 거다. 팔목상대 안 하는 거지……
농담의

살별을 털고

타야겠지 다시 경부고속도로를.

제시간에 귀가하려면.

그러나 목적을 달성한 환갑 부부 여행은

스케줄 밖으로 길어질밖에 없다.

일제 때 씹었고 1960년대 모조품으로 씹었을

수입산 일제 '미루꾸'캐러멜 씹으며 시작된

아내가 모는 자가용 여행이 영남 알프스 돌며

개인 과외 하듯,

빨치산 하기에는 숲이 너무 낮고 엉성해……

아예 헐벗은 거나 마찬가지였겠군…… 가여운

빨치들…… 뭐 그런 생각하다가

고리, 송전탑, 원자력발전소 반대하는 동네

대놓고 하찮은 구호들이 표 나게 '좌빨'인 것이

약간 신기하고 약간 그럴듯하고

크게 난데없다가 어느새 동해안을 커버한다는

해변 국도로 접어들었다.

해변 마을은 먹자골목이다. 간간이

종교 공동체, 공공 연구소, 좀더 많이 모텔 있고,

지천으로 해변 소나무, 방파제 콘크리트 덩어리들 널

렸지만

해변 마을은 대낮의 먹자골목이다. 인간과

바다가 그렇게 적나라하게 어울린다.

대왕암이 도처 바위, 흐트러지는 식으로 모종의 접점
을 형상화한다.

정훈희 카페 '꽃밭에서' 열지 않았다. 세번째.

카페베네가 서울에서보다 더 혼잡하고 바다는

실내장식이다. 어둠 내리니 잠시

내륙으로. 경주가 세긴 세군. 경주 사람들

위에서 아래로 큰물 져 내리꽂히는 북천을

용으로 품고 잤다. 천년 고도 저녁 어둠 더

깊은 것만이 아니다. 천년 어둠의 깊음이

역동한다. 이상한 어둠이다. 귀신 따위 너무

하찮아서 범접 못 할 어둠이다. 숱한 거대 무덤들의

내륙에서 웅웅거린다. 스스로 어둠의 뿌리 되어

역동하거나 서둘러 떠나라……

국물이 식으면 묵처럼 굳는다는 내장탕

트럭 기사 식당 바깥은 비 내리고 분명 바보 처녀였는
데 분명 놀라서

분명 허위허위 팔짓으로 바깥에 하늘 찢는 번개 친다고,

난리도 아니었는데 그 처녀 사라진 그 자리 분녕

성화 같고 성호 같다. 그리고 여보,
울진 향하는 밤중 비 그쳐 젖은 아스팔트
검음이 반짝이는
7번 국도가 어느새 사랑할수록 세상 끝을 가고 세상 끝
세상 끝이 세상 끝으로 이어지다가
우리가 도착한 온천 고장에 일제 때 그 건물
하나였을 것 같은 온천 탕 호텔 있었다. 놀랍게도 임검
숙박부 있었다. 실내에 녹슨 방충망 욕실에 오래된
'타이루'도 일제시대 같았다. 날이 밝아왔던 길
되짚어 나오자니 생계 멀쩡한 민박 농촌에
지방자치 멀쩡한, 목백일홍 열列 가로에 길게 늘어선
관광객 유치 코스이더만.
찻집 산토리니, 남자 앞에서 가장 사랑스러운
여자 몸짓을 하는 스무 살
처녀의 순간을 보았다. 공단에 바다를 빼앗기지 않고
갯비린내 진한 순수 어항은 더 북쪽
주문진에서 시작된다. 더 갈 것 없지. 이제 진지하게
내륙으로.
경강로京江路는 강원도 강릉시 강릉항에서

경기도 남양주시 도농삼거리까지 표지판을
수십 번 바꿔가며 이어진다.
도시를 통과하며 자칫 놓치기 쉽지만 산악 지대로 들
어서면
그것이 일약 더덕 냄새, 어쨌든 땅에서 캐낸 듯한
냄새를 풍긴다. 땅에서 캐낸 모든 것이 땅에서 캐낸 냄
새를 풍기는
냄새다. 피로 해소용으로 노상에서 자두 한 움큼, 오대산
꼭대기에서 다시마젤리 한 봉지 샀다. 그렇게 높은 산
몇 개를 넘었나? 강원도에서 경기도 내륙으로,
내륙으로 올수록 어두운 산들, 아무리 크고 깊어도
멀리서 무섭거나 위협적이지 않고 오히려 어떤
품이다, 푸근하고 엄정한, 수천 년 생활을
생활로 길들이는.
다 좋은데
엉겁결에 자동차 안으로 들어와 마구잡이로 제집 짓던
엄지손가락만 한 거미 한 마리 엉겁결에 죽였군.
내 손가락에 번쩍 고압전기 독침 놓고 죽었지만, 죽었
으니

105

근조. 바야흐로 임박하는 서울, 생활 전선
앞에서 근조.

3장

상실의 경제와 음악의 번역

HMV는
His Master's Voice
유성기 스피커로 개가 제 주인 목소리를
알아듣는
약자略字, 세계 첫 음반 레이블 이름이다.
백 달러짜리 지폐가 있다.
식민지 콤플렉스보다 더 근본적으로
미국 본토에서 더 큰 돈인 백 달러짜리
지폐가 있다.
말 그대로 등 푸르다.
정가定價, 욕망의 너비와 깊이에서
다시 시작한다, 전설의 바이브레이션으로.
아내가 어여쁜 남편의 비극이 늘고
그중에서도 왕실 비극을 닮은 목소리
주파수 너무 높아 귀에 들리지 않는다.
당구장은 들끓는 불량배들 외상 큐와 당구공들이 목
숨을 앗는 싸움에도 결국은 어딘가
과거지향적으로 친근하다.
왜냐하면

시킨 짜장면 냄새 더 들끓는다.
외상 아니고, 우동, 찜뽕도 간혹
시키지만 아니고, 짜장면 냄새,
하늘 아니라 지상의 당구장
실내에 울리는
그만한 황금 나팔 소리가 더 이상 없다.
그리운 정경화
오래된 '어리고 여린'은 더 안타까워서
우리가 그것을 그리움이라 부르지. 뒤늦은
소아 성애라 부르지 않는다.
어떻게 과거가 비참하거나 아름답지
않을 수 있나, 비참과 아름다움이 서로를
저리 극성스럽게 부추기는 흑백 청와대
내실의 바이올린 켜는 소녀와 담배 피우는,
얼굴이 지독한 가난의 형상화 같은,
사타구니 새까만 냄새 똘똘 뭉쳐 아예
반짝반짝 빛나는 것 같은 독재자가 있는데?
그렇다. 그리움은 '인자한' 육영수만으로도
박정희까지 끌어들이는 조화造化가

있는 까닭에 그리움이다. 그리고 일순
너무 강력해서 그리움을 끌어당기는
옛날의 무대, 옛날의 청중, 옛날의 환호,
영화 상영 전 대한늬우스…… 모든 동네가
동네로 정지했고 가난만 뾰족한 선율로 흐른다.
지금 그녀를 마녀라 부르는데 아무리 칭찬이라도
너무 늙은 용어 아닌가, 그리운 정경화(1948~).
피아노 롤은
예술론 없는 마르크스의 한계를
인기투표 전자 개표 방식으로 극복하려는
클래식 유튜브 믹스와 달리
회전과 정반대 시간의
각인이 있다. 초기 전기 축음과 달리
잡음이 없지. 정확하지 않은 바로 그 점의
'결정적'.
옛날은 옛날 건축과 차원이 약간만 다른 건축이다.
잡음이 가구에 속하지. 피아노가 음악 무덤 아니라
음악이 피아노 무덤 같다.
내 선택은 양차 대전 사이 어떤 때는 목숨 건

하루살이 한밤중이다. 한 인간한테 인간들의

시대가 묻어나는. 피아노 롤 녹음 음악 짧고 오래전 오
래된

시간이 전집이다. Julius Block Cylinders, Gramophone
and

Typewriter Recordings, Columbia Recordings, Acoustic

Brunswick Recordings 4단계 걸친 네 겹

전집이다. 시간이 없는 만년 아직 등장 전이라

시간이 대신 전집하는 전집이다.

남자가 겨울 나그네일 수 있어도 남자가

겨울 여행의 불감不感을 알까, 드물게 알토가 부르는

「겨울 나그네」가 그렇게 묻는다.

그리고 그렇게도 성性이

성을 벗는다. 재미없지만 그게

성聖이지. 죽음의 통곡은 짧고 죽음의

후회가 길게 이어지는 생이 겨울 나그네라는 듯이

죽음이 콜록댄다. 죽음의 신화가 모든 것을

죽음으로 만들지 않고 죽음이 모든 것을 죽음의

신화로 만들지, 알토

「겨울 나그네」다. 햇빛 벌판도 온전히 여인의
말라비틀어진 몸, 아니고 생애, 온전히 죽음을
향해서만 흔들린다. 메아리는 있다.
때로는 안 듣고 그냥 두는 것이 더 잘 들리는 것인
음악의 상자가 있고 그 안에 여자 목소리, 요조숙녀가
없다.
아무리 그악스러워도 다른 여자 목소리 잡아먹을 수
없다.
각 울음이 각각 다른 울음인 까닭.
그런 채로 버드나무, 버드나무, 버드나무 울음인 까닭.
그런 채로 붉음이 검음과 검음이 붉음과
화해했는데 그 뒤로 너무나 오래인 까닭.
그러니
「유정천리」, '8·15 광복 이전 출생 작곡가'라는 이름의
달력의
요란한 유명幽明이 있다.
광복이 요란한 유명을 달리한다.
기본 절기 외에는 주로 타계와 출생 날짜가
그날그날의 정보다. 황금심 태어남, 손목인 타계……

기본

절기가, 날짜가 유명을 달리한다. 누렇게 뜬
아코디언이 다시 유명을 달리한다.
우리 곁에 남아 있는 흘러간 유행가보다
훨씬 더 오래 산 듯한 그 생몰년
미상도 와중도 유명을 달리한다. 그것이
흐린 고동색으로 빛바랜 흑백을
한 꺼풀 벗겨낸다. 군君으로 불리던 나이에
많이도 죽었구나 우리가 모르는 일이
여기에도 있다. 모르는 일도
유명을 달리한다.
그리고 그러니
너무 지독해서 결국 낭만주의가 발흥했지 싶은
육체의 가장 비극적인 비극도 아우르는
겸손한 햇빛의 황금이 있다.
나무 그림자
숙성처럼 겸손한,
그것 없다면 이집트 황금이 정말
그로테스크할밖에 없는

햇빛의 황금이다.

그것에 비하면, 씻어 내리는 유려 없어

사랑과 운명과 맹세의 황금이 피비리고 검고

가면극 황금이 바로 암살이다.

파경 너머 들판의

고독까지 아우르는

겸손한 햇빛의 황금이 있다.

그리고 그러므로

실내는 로얄살루트38년 자기 병이 소리 나오는

스피커 주변에서 소리 나오지 않는 스피커 되는 중.

소리 나오는 스피커 쪽으로

책이 쌓이고 모든 것이 쌓인다.

로얄살루트38년 자기 병은

이쪽 스피커다.

잠

반대편이다.

로얄살루트38년은 별명이

'운명의 돌'. 병은 38년 된 위스키 맛을

제 표면의 난해한 보라색으로 다시 익히는

스피커 되고 있다.
어디에 있든 이쪽
스피커다.
잠 반대편 수십 년 동안
꿈속으로만 이어지는 건널목, 그
20세기 최고들의
환멸도 있는
파란만장 하얀 사각형도 이쪽
스피커다. 잃어버린 것 아니라
잃어버림의 이쪽
스피커다.
여럿일수록 분명해지는 전모全貌
연습
있는 것이 분명하다.
그냥저냥 살다가 때로는 작곡과 연주의 겹침이
대대로 그리고 갈수록 여러 겹인 것이 아주 잘 보이는 그
보임을 번역하고 싶은 것이다,
나 아니라 음악이.
그 안에 아주 비근한 에피소드로

한없이 늘어나며 더 오래되고 더 청순한
시대를 콕토가 그린 프랑스 6인조 그림 속
여성 피아니스트 연주로 들을 수 있다.
연주가 변방의 교육으로 시작되어
타자의 거장이 자신의 거장으로 심화하기도 한다.
지붕이 지붕인 것도 잊고
치솟고 싶을 때 아니 정말
치솟는 중일 때
그 보임이 유일하게 남은
음악의
중력인 것.
여럿일수록 분명해지는 전모
연습
있는 것이 분명하다.
원문 없이 음악이 하는
음악의
번역 말이다.
아주 행복한 가사도 점차 지워가는
슬픔의 처음의 계속 발전이

진화의 잃어버린 고리들까지 침몰시키는
음악의
번역. 명장면들의 울렁거리는
미분과 출렁이는 적분. 미래라는
감격. 과거라는 흐릿한 자살과
(나의 육체가 나를
찢었지, 찢었지)
때론 과격하게 흔들리는 섹시한 현기증.
마침내 춤도 없이 불가해한 임신도 없이 그냥
음악
연속이 하는 음악의
번역.

언어 직전

옛날에 뭔가에서 밀려난, 그래서 미담인
귀신 통곡인데 미담일밖에 없는
미담이 있다.
삶은 두부 위 시뻘건 어리굴젓
맛이지. 90세 넘었는데 죽기 5년 전이다. 잘하면
프랑스혁명, 뒤늦은 봉건이
피 터지게 부서지는 꼬부랑 쇳소리. 하지만 사실은
가을도 조각배도 그렇게 온다, 박재삼 「울음이 타는
가을 강」의
울음이 타는 가을 강에. 이름이 마농 물론 근사하지만
고흐일 수도 있잖아. 노랑이 불타며 빙빙 도는,
모든 미담이 귀신 통곡이라서 미담인 과정의
사실이 더 중요한
야상夜想 말이다.
프랑스로 보면 의당 독일의 흐느끼는
파시즘이 야만적인 기담이겠으나 프랑스의 부드러운
미소가 외계인 같은
인간 복제 회사에 영아 살해 냉장에 기담도 아직
갈 길이 멀다. 그래서

모든 유언에는 미담에 없는 처음부터
청중이 녹음한 연주회처럼
사라지는 소리가 있다. 일찍 죽는 자신이
주인공인 것처럼 잦아들지. 가장 부드러운 유년도
묵음의 절규. 결국은 만년이라는
안식처가 미담이다. 몇 번을 뒤집어도
땅은 참혹의 모뉴멘털리티에 불과했고.
스스로에게 맘껏 교태 부리는 어깨 딱 벌어진
여자 몸 하나만으로.
그리고 처용은 일본에서 오고
남자고 색분色分이자 음성音聲이다.
일본 전통 색 가운데 물론
금지된 색이 있고 허락된 색이 있다. 물론
벌써
금지된 소리도 허락된 소리도, 금지된 향도 허락된 향도
나지.
인간에 이르기 전부터 색의
몸이 소리다. 무게가 젖가슴의
앙탈이, 화려한 씻김의

영롱이, 색에 관한 모든 것이
소리고, 그러므로 소리에 관한 모든 것이 색이다.
인간에 이르기 전에 백과 사물들의
생로병사보다 더 많아 보이는
일본 전통 색 가운데
인간에 이르러
긴 봄 색이 있다.
천년 된 초록이 있다. 천년
숙성된 차茶 색이 있다. 그렇다면
모든 사물에 색이 있듯이
모든 정황에 색이 있고 모든
세월에 색이 있다.
거리에서 곰곰 생각하고 보니
정말 눈 씻고 보면 볼수록
똑같은 색이 하나도 없다. 그 색,
일본 토속어 발음 묻어
나니, 안 나니?
색색色色은
뭐 하는 소리 아니다. 뭐 하자는 소리도 아니고

실제로 밝히는 색도 아니지.

色色,

색의 색 아니고 세상에

섹스 색. 섹스인 색,

소리를 완벽하게 지운

色色.

노년의 만연蔓延,

오래전과 오랜만 사이

혼동, 기분 좋은

중단의

깊이 없고 두께 없고 너비 없는

공간, 알몸의

심화-확장인.

간암 사망 아버지 암매장 발굴 소동의 개구리

소년 실종 22년도

신은경 아나운서 화성 연쇄살인 사건도

그냥 장소인.

그래도 타코와사비

불륜의 맛이더만.

필리핀을 덮친 기상관측
사상 최악의 태풍 하이옌 앞에 베트남이
초가집 한 채 같았다.
유구하고 사연 많은 가계家系가
부록 같았다.
나라를 집어삼키는 거대한 비극도
헝겊 조각 장소인
色色,
그렇게만 천민자본주의가 극복되는 것 같았다.
죽음도 사정이 좋지 않거든.
천해지고 싶지.
귀갓길 양화대교 건너기 직전
부러 택시 세우고 직접 오른쪽 걸어 들어
가야만 보이는 식으로
가난한 동네가 있다.
장맛비에 낡은 방석처럼 부푼, 부피가
내용을 능가하는
책 같다.
당연한 만큼 신기한

色色,

아니면

미쳐서 살찐 강성한 사내를 정상이라 더 살찐

강성한 사내 둘이서

끌고 가는.

늘 있는 언어의 한계를 늘 극복하는, 냄새가

가장 비린, 피비린 살덩어리 그 자체인 언어

직전이 있다.

훗날의 단테『신곡』

초벌 번역 같은 거지.

사물의 배후만 보면서

세상 전체와 그 너머까지 품는 자연―

운명을 느끼는,

흐느끼는 언어 직전이 있다.

훗날, 언어 직후에 벌써 모양뿐 아니라

뜻까지 무슨 구약舊約

도끼 자국처럼 보이는, 사전으로 묶어도 도끼

자국들 사전처럼 보이는, 아주 오래된 표지보다 더

강성하게 오래되어 보이는 내용의 언어

직전이 있다.

더 훗날에 언론이 직후만 있다, 무엇보다 언어

직전을 말살하는.

그러나 언어에 언제나 언어 직전이 있고

그것이 언어의 한계를 밀어붙이는 시대

흐름이 있다. 언어가 한계 자체의

초벌 번역일 때까지, 모든 언어가 또 다른 언어

직전일 때까지 밀어붙인다.

그게 물어物語 아닐까 싶다.

아니면 아일랜드, 북아일랜드 문제 아니라

허여멀건 브리튼섬의 잘린 모가지가

필경

스코틀랜드일 것 같다.

뒤늦은

자서自序.

투명해서 몇 겹이든 겹칠 수 있고

그 겹침의 체로 걸러내는 언어

직전이 있다. 그 복합 감각이 자본주의

미래를 극복하는 언어

직전이 있다.

사제로 돌아간 피아니스트

티에리 드 브뤼노프가 쿠프랭부터

버르토크까지 연주하는 「율리시스의 피아노」 33t Pathé
33 DTX 316

음반인 언어 직전이 있다.

제국의 붉은빛이 바래가는

권위가 있다. 붉은 권위보다 더 붉은 권위다.

주변이 곱게 허옇게 빛바래면서 붉음의

몸피를 줄이고

중앙은 아르데코 아주 가느다란

글씨가

겸손으로 빛나던 이전 미성未成을

더 오래된 황금으로 현재

시사하지. 그래서 더욱 몰락한 제국이

어울리는 권위고 화려한 절약이다.

출몰이 분명한 검초록 서투른 내색이 전혀 없다.

살색도 뻔뻔스럽지 않다. 제국주의를

극복하는 것도 제국이고 몰락이

멸망을 치르는 예술이고 그렇게 제국의

몰락이 있고 멸망은 없다는

전언이 말이지.

언제나 자신이 흘린 피에 놀라는

식민지는 언제나 누릴 수 없다 그것을.

식민지의 자기 비극이다. 왜냐면

제국의 붉은빛이 바래가는

권위는 식민지 그 피비린 수난과 투쟁이

결정적으로 기여한 권위다. 식민지에서도

제국주의의 야만은 사라진 제국의

영광이 아니고 몰락한 제국 흘러간 유행가에

동요의 유구悠久를 입히는

2인자들이 숱하고 숱하다. 세월의 더께가

내려앉지 않는 하나님이 제국의 민간이고

근면이 패전의 횡재다. 작가와 등장인물이

겹치고 혼동되는 즐거움도 있다. 그렇다.

식민지는

제국이었던 적이 없는 것이다.

손바닥보다 더 작은 곳에 늘어 있는

제국도 제국에 있다. 그렇다 식민지는
제국주의 없는 제국을 더 어렵게
건설해야 하는 식민지고 그러면서 더 어렵게
국제적이어야 하는 식민지다.
그 식민지 앞에 그 지독한
욱일기가 새겨졌을망정
제국의 붉은빛이 바래가는
권위가 있다.
반세기, 한 세기가 지났는데
바삭거릴 기색이 전혀 없다.
식민지도 전쟁에서 지는 일을 상상하지 못했던
제국의
자그많고 얇은 이름들도
감각의 깊이를 아담한 수공의 성애性愛로
간단명료히 파고드는 몇백 년 전통의
장인 정신도 있는, 그러므로 신구新舊가 아주 작은
제국의 모든 빛이 바래가는 권위가 있다.
지금의 헤이세이平成는 물론 쇼와昭和 초기
그러니까 70년 전까지 올라가는

일본 콘사이스들이

아직도 깨끗하다. 너무 깨끗해서

다이쇼大正천황 거쳐 백 년 넘게 전

메이지明治유신까지 거슬러 올라갈 것 같다.

살색 일색인 제국 내지內紙

인쇄와 제본이 흡사 살색 속으로 더 작아지려는 듯

촘촘하고 꼼꼼하다. 이것들 정말, 피의 제국주의를

어떻게든 숨겨보겠다는 거냐?

아무리 강력한 의심도 브라우징하는 몇 장 안 가

이것들 정말 최초의 진무 덴노까지

거슬러 올라갈 것 같아서 한낱 푸념으로

만들어버린다. 설마 그때 무슨 제국주의?

살색의 미학이 사전들 속에 숨어 있다가

콘사이스를 열면 손바닥처럼 펼쳐지니 정말

콘사이스고

세상에서 가장 두껍고 내용 방대한

『대사림大辭林』 열면 수풀처럼 펼쳐지니 정말

대사림이고 나의 역사적인 반일反日 임장

심각하게 흔들리는 것이다. 하긴 나의 반일

입장에는 과거만 있지 현재가 없다. 독도가

마땅히 우리 땅이라며 핏대 올리는 내 혀 스시에,

환장은 아니더라도, 길들여졌다. 그런 사태가

셀 수 없이 많고 걷잡을 수 없이 길들였고

길들여졌다. 나는 일본을 한 번 더 믿어볼까

하다가 한 번도 믿어본 적 없는

모순의 당혹을

겪고야 마는 것이라서 나의 새로운

친일본기親日本記는 오래된 『일본서기日本書紀』에서

끝난다.

『동경지명고東京地名考』와 『경도고사물어京都故事物

語』의

남녀와 物, 語, 考의

삼위일체에서 끝난다. 지명과 고사의

해체와 종합인

장소에서 끝나는 거지.

京都가 故事고 故事가 物語고 物語가 다시 京都인

경지가 그야말로 고색창연한데

東京이 地고 地가 名이고 名이 考고 考가 다시 東京인

시市, 구區, 정町

근대사는 아무래도 대한민국 독도와

너무 근접해서 위험한

사정이다. 왜냐면 지명은 말썽 많은

민족주의는 물론 말썽 덜한 애국 너머

오래된, 그야말로 친척이다.

그러니 독도는 죽어도 우리 땅이고

원래 기모노, 다도, 스모에는 관심이 없었으니 나는

『만엽집』 여기서 읽어도 되겠고,

청정의 뼈대 그 자체인 대나무 숲 우리나라도

찾아보면 있겠고 국보 회권繪卷 원본을 못 보는 게

꽤나 아쉽지만 당분간 스시나 틈틈이 즐기고

살색의 미학이 정말 일본 신화의 그 육감肉感을

더 육감적이게 했던 건지 여기서 더 잘 궁리하면서

여인 화장 희고 두꺼운 고도 교토

여행 날짜 기다릴밖에 없다.

크게 보아 일본 근현대사가 그전의

일본사에 부끄러울 것 적지 않으니

비록 일본의 식민지에 살았지만 우리가

그때 무능을 탓할 일이지 지금 부끄러울 것
없는, 그리고 독도가 우리 땅인 우리 땅
여기가 적당한 장소다, 나의 아주 작은
신구新舊
친일의.
가보지 않아도 일본은 다리가 성城의
가랑이이자 비밀일 것 같다.
세계 최대의 성이 있다는데 난공은 몰라도
불락은 아니었을 터. 훈독과 음독 겹침이
지금도 생의 비정한 육감을 더욱
비정하게 할 터.
여기서 제철 스시 제대로 먹겠다는
욕심을 버리면 스시
맛이 몸이다,
일본의 지방인 바다와 지방의 바다인 일본과
바다의 일본인 지방의,
그리고 천년 무르익은 지방자치의.
이제 언어 직전이 직전일수록
직후일 수 있고 직후가
직후일수록 미래다.

실낙원, 그 후의 그러나
— 박현수&노원희 부부께

이것이 이브의 말이다:

627년. 유대인 8백 명 가운데

이슬람 개종을 받아들인 사람은 사내 한 명.

나머지 사내들이 참수되었다.

모든 새로운 신성에 새로운, 이제는 재앙 아니라

참수가 필요하다는 듯, 참수된 자도 당연하다는 듯

참수되었다.

유대교와 이슬람교에 기독교

순교가 없고 새로 생긴 이슬람교 참수가 유대교를 덮

쳤다.

이것이 전쟁을 능가하는 종교의 역사적 진보고 앞으로

종교전쟁이 신성 자체를 피로 물들일 것이다.

여자와 아이 들이 모두 노예로 팔려 갔다. 울며불며 갔

지만 그들

경제 사정이 딱히 더 나빠지지는 않았을 것. 이슬람 처

음부터

경제가 노회한 문명이고 종교가 그 결과였다.

오른손으로 검고 긴 머리카락을 쓸어 검은 마스크를

만드는

섬뜩하게 아름다운 여인은 오히려 그들을 팔아버린 종족한테서

그것도 먼 훗날 더 많이 나올 것이다.

어느 쪽도 목소리에 육체를 능가하는 리듬이 없을 것이다. 참수의

신성이 의외로 아주 오래, 히틀러 나치 시절 백장미의

순교가 있었다,고 말하고도 한참 뒤까지 지속될 것이므로.

이것이 아담의 말이다:

대홍수보다 훨씬 더 지식의 사과 이후 생애가 죽음을 향한

생애라는 것을 받아들이는 충격적인 체념이 있었다.

그것이 최초의 사실이고 사실의 충격을 신성으로 받아들이는

인간의 기적이 있었다.

예수 생애를 응축하는 예수 십자가 수난이 그 기적의 기적이고 예수

죽음이 그 기적의 기적의 기적이고 죽음의 응축이 죽음의 극복이므로

믿음이 바로 은총이지만 모두 너무나 뒤늦은 드러남이라서 보든 보지 않든

믿음조차 그 이상 나아간 적이 없고 응축도 나아가지 않고 심화할밖에 없고

믿음이 예수 수난의 아직 남은 야만을 야만 아닐 때까지 응축할 뿐이다.

현대의 응축이 예수 수난 이후도 아니고 그전 신화

미노타우로스 만년이라면 여러 겹으로 어처구니없지만

응축은 그것도 응축하면서 죽음이라는 수수께끼를 푼다.

예수는 죽음 운이 좋았지. 죽자마자 깨어났으니 내가 예수요,

자기소개를 하는 구차한 처지를 면하지 않았나?

부처는 절망이고 공맹孔孟은 난감할 것이다. 보지 않고 믿는 짓거리

생각도 해본 적 없으니 내가 공자요? 내가 맹자요? 물어볼 수 없고

대답해줄 사람 없고, 누가 당신 맞다 한들 믿을 수 없을 것이다.

그러니 부활이 징역 살다 나온 것 같은, 정통 무신론자
인 나 아담한테
　바깥 세상이 마이크 좀 들이대지 말라니까?
　이것이 캐럴 소리다:
　지금도 동요 쪽으로 기울고 자장가는 아니고 지금도
　크리스마스 아기 예수 성탄을 축하하는 노래가
　지금은 아기 예수 죽음을 물리치지 않고 위로하는 노
래다.
　나의 급사急死를 길게 생애로 늘이고 다시 너희와 함께
죽는 것이 위로가 된다면 위로하러 왔다.
　미안하지만 위로가 된다면 느린 생애로 내 죽음의
　참혹 지우고 죽음이 보통이게 하는 위로를 위해 왔다.
　생을 받아들이는 것이 죽음을 받아들이는 것 아니라
　죽음을 받아들이는 것이 생을 받아들이는 것 아니겠나
　미안하지만 뭐 그런, 신성이 미안하다는 것 너머
　신성이 미안한, 자장가와 정반대 노래다.
　아기 예수 자지 않고 2천 년 넘게 나이 먹으며
　죽음의 물질을 입고 피부가 더 포동포동해진다.
　코 밑에 솜털

거기도.

여인상 기둥은 더 참혹하니 안 되고, 수채水彩도 모양이 흩어져,

저질러졌다는 뜻이니(놀래라, 하늘과 땅의 『창세기』) 안되고,

살거죽 벗겨지는 계보系譜가 어쩔 수 없는 인상印象의 인상人相

가장 작은 상자, 자필 악보도 천리안도 천 개 눈 입체의 평면도 그 용어用語만.

용어의 새로운 그래서 약간 풍만한 빛깔만. 문제는 형용을 산산조각으로 날려버리는

파안대소지, 검은 죽음의 새하얀, 깊이를 빙자한. 색을 아무리 바꿔봐야

죽음에 깊이가 있을 리 없다. 아무것도 없으니까. 아기 예수까지 저렇게 나와 있는 한

죽음도 죽음의 깊이도 캐럴이 7백 년 넘게 이어지는 여기 일이다.

저승이 아무리 위대한 문명을 반영한단들 아직 이승의 식민지다.

아무리 개판이라도 여기가 정품이다. 같은 공연이 여러 차례니 속을 수 있지. 권위 있는

label 아니면 최고 연주 녹음인지 알 수가 없다.

돌이켜보니 세계는 1년 동안 방영된, 죽음이 1년 치만큼 훈훈해진 TV 가족 드라마다.

우리가 그때그때 난데없이 까닭 모르고 젖은 시시한 감동들에 까닭이 전혀 없는 것은 아니었다.

에우리피데스 이름

어감은 옛날부터, 아기 예수 탄생 훨씬 전부터 지금까지 줄곧

정품 연극이 조금 과해 보일밖에 없었다는 것 같다.

하지만 그만. 거기까지 내용이 올라가면 지금도 가정이

피로 물들 것이니 그만. 그리고 다시 아기 예수 탄생, 곧바로

죽음을 여기 이곳의 드라마로

만들기 시작.

그리고

이것이 실낙원, 그 후의 그러나:

그리는 데 시간과 장소와 끈기와 정성이 가장 중요했

던 천연색 세밀화

새의 시절이 좋았다. 살아 있고 페이지를 덮으면 왈칵 튀어나올 것 같았지.

튀어나오면 좋을 것 같았다. 여러 사람 기술과 땀의 결정인

『National Audubon Society Field Guide to North American Birds』

새 사진들 아무리 잘 찍고 여러 번 찍고 천연색이 더 세밀해도 그냥 새들

사진이다. 그림의 실낙원이지, 특히 오듀본(1785~1851)의 백 년 넘게 묵은

새들 그림의. 그때 새든 지금 새든 새들의 심경도 마찬가지일 것이다.

그러나 인간이 찍은 Discovery Channel 〈North America〉 Episode 4

다큐멘터리가 오듀본의 그럴싸한 푸념을 인간의 자리로 원위치시킨다.

인간의 예쁘장한 세밀화라니.

바닷속에 해변에 시커먼 전면적 은밀의 밤이나 뜨거

운 전면적 노출의 낮이나 하늘의

작은 맹금에서 해변의 참게 거북이 떼 그리고 바닷속 거대 고래에 이르기까지

출산이 살생이고 피살이고 난폭한 자연의 더 난폭한 섭생이 난폭의 키를 넘는다.

땅도 바다도 하늘도 없다. 생의 난폭한 생로병사가 다시 자연의 절벽이자

주인인 장면만 있고 장면의 한 화면에서 미세가 미세적으로 거대하다.

하루살이들 하루에 18조 마리 태어나고 제 영역의 하루 자연을 무수히 먹이고도 남아

제 영역 하루 자연의 무수한 시체로 쌓인다. 자연의 쓸모가 전혀 없는 인간이 도대체

어떤 과정을 거쳐 저 엄정한 먹이사슬의 꼭대기에 올랐을까, 어떻게 이리 따스한

안방에서 이 채널 이 다큐멘터리를 보고 있을 수

있나, 마지막 크레디트와, 그래 이제까지의 내레이션 없었으면 아예 없었을 인간이?

문득 옛날,

고대 로마의, 고대 그리스 추억. '까지'의 공간 뜻과 시간 뜻 둘 다 야생에 없는.

왜냐면 야생은 영원의 공간. 그 난폭에 생사 구별이 없다, 시간의 겨를이 없다.

고래 식사에 맛이 없듯이. 자질구레한 인간이 미래를 따지느라 더 자질구레하지.

과거는 말할 것도 없다. 몸이 투명한 빙어들이 10억의 떼를 이룰 뿐

흘러가지 않는다.

문득 그러나,

인간은 육肉의 나이 맙소사 이마에 가시관 없었다면 다섯 번도 더

전생일 것 같으면서도 그대로 천 년도 더 갈 것 같은

육의 전승 나이 맙소사 훗날의, 아기 예수 탄생 없는 비잔틴, 동방박사들의. 사실은

육의 나이 맙소사 측량 불가로 지지부진한 심연이 될수록 짧고 될수록

고통 집약적인 수난을 부르고 또 부른다. 난해한 육이 수난보다 더 난해하지 않을 때까지. 거기에 신세내 구

세대가 없다.

구세대끼리 계승도 아니고 전승하는 진화의 구멍이 깊어질밖에 없다.

육의 전승이라는 나이로 이어질밖에 없는 것과 같다.

문득 그러니,

진화의 쓸모 가운데 그중 그럴듯한 게 연민인 자기 연민의 인간

이마에서 꽃피는

수난은 나이가 이어지는 이성의 걸작.

이방이 가치였고 바벨탑 이후가 세례고 교리문답이었고 그 전에

대홍수가 죽음 아니라 죽음의 씻음이었고 그 전에 죄의식이

신성의 풀밭이고 내내 기초였고 그 전에 창세 기적이 물질의

변형 아니라 번역이었다. 아주 평범하게 종말이 원인의 시작이었다.

문득의 문득,

땅거미, 섹스고 생애고 소설이고 건물인 몸이 희박해

지는 대신 슬픔이 진해지는, 북한이고 여자인.

기둥, 누군가 대신이고 비바람 맞고 노천이고 받침대
고 역사고 극장이고 동독이고 가두街頭인.

훈방, 가출이고 햄릿 독백이고 졸업이고 자본론이고
오줌 징역이고 파리 잡기이고 밥 말리기이고 전집인.

책의 책, 백 년이고 두께고 낯익음이고 검음이고 죽은
지 백 년 속이고 극복이고 연필 글씨 낙서 그림인.

남녀, 각주고 부록이고 양산量産이고 흔하고 우주고
대학용이고 『오디세이』고 고대고 통사법인.

언제나 구약이 신약의 해석이고 표지標識 아니라 표지
表紙가 표음表音이다.

모스크바 피아노 거장의 모스크바 음악회가 열리던
그때 모스크바에서 무슨 일이 벌어졌나,

음악도 역사를 어쩔 수 없으니 차라리 역사의 무게를
믿겠다는 거였던 그때?

지금은 옛날 향해 헤벌어져 있고 끼리끼리 남루한 친
척 관계지만

고어古語들의 과거가 각각 모두 치솟으며 완강하다.

두터움과 길쭉함을 벗고 정다운 오늘의 옛날과 많이

다르지.

소리 문자를 낳은 소리가 소리 문자 이전 지식의 일종이었다.

눈에 보이지 않는 것 말고는 정말 진정한 소리 문자였지. 불렀던 소리 문자 시대를 맞으며

그 소리의 안 보이는 문자한테 무슨 일이 벌어졌던 거지, 그것도, 죽었나?

좋다는 소리도 나쁘다는 소리도 아니게 낡음의 소리인 무슨 레닌

$+\alpha$ 잡지 표지가 있고 Discovery Channel ⟨North America⟩ Episode 4가 있다.

말, 화려인, 셰익스피어, 인용이고 사전인, 석각, 글자의 신화인, 소설, 장사꾼 배포인, 초록,

총체의 정신인, 햄릿, 공책인, 상형문자, 책의 책인, 클래식 CD, 한 백 년이 지금의 거울 역동인……

……

새벽 2시 반 헌법재판소 건물 정면 앞 인적 없고 생맥줏집 문 닫은 동네

밝지 않고 충혈 형형한 가로등 그냥 가파르게 내리닫

는 언덕길 적막

　정말 살벌하다.

　헌법보다 한참 더 사소한 바로 그만큼 피비린 범죄가
저질러질 것 같다.

　물론 놀라겠지만 놀랄 것 하나 없을 것 같다. 왜냐면
살벌이 어딘가

　고질적이다. 잠입한 곳이 청와대 경내라서 총 맞고 죽
은 박정희 시대 좀도둑

　이야기는 차라리 살벌의 유년에 속하고 여기는 무척
이나 심심하고 한가하고

　권태가 늙은 살벌이다.

　무슨 색인지 모르는 덩굴손 없이 비로소 검푸르게 무
르익은.

　무엇엔가 감아 붙을 덩굴손 없이 비로소 감미의 향기인.

　붉은색 너무나 진한 루주 없이 비로소 그 육성이 짐승
을 벗은.

　무엇엔가 저질러질 루주 없이 비로소 벌어진 육감肉感인.

　무슨 영문인지 모르는 알몸들 없이 비로소 그 입안에
침이 고이는.

홀로 남아 서러워할 알몸들 없이 비로소 옛사랑의 귀
만 남은.

그 귓속에 알알이 첫사랑의 늙지 않은 소름이 돋는.

길고 짧은 남녀 모르는 송이들이 비로소 먼 훗날의 드
러남인.

맛과 색과 육의 등식이 비로소 그 후 상태이고, 그 상
태 속에

비로소 비극이 좀더 희극이고 희극이 좀더 비극인.

포도.

누구는 정신-의식意識 아닌 피[血]-의식 운운했지만
그것은

좋은 의미든 나쁜 의미든 짐승에 갈수록 가까울 것이다.

예수 십자가 처형 이후 그것을 따르는 모방의 십자가
순교가

갈수록 그악스러워지며 모종의 질을 떨어뜨린다. 내게는

'대문자 신에게 대문자 신 것을'과 '흙에서 흙으로'가
같은 경지고

한 수 높은 비인간非人間 경지고 복원 아니라 평생의
순교 경지다.

누드, 알몸에서 모든 인간 시각이 시작되고 가장 먼 데
까지 간 곳이
지명이다. 마음의 지명도 그렇다.
이것이 노새 회심곡이다:
내게는 은총도 혼종이었다.
태어난 것이 나인 것만 맞았다.
아름다움은 물화 직전
말 춤추어버렸으니 영원한 혼미.
머리카락 풀어헤치고 돌아다니더니 못 박혀 죽데,
누구야 예수가, 며느리가 아버지, 우리 아버지,
하는 거 보니 우리 사돈인데, 문상 안 가나? 가려고 했
는데
사흘 만에 살아나길래…… 아름다움이 물화 직전
할머니들 예수 농담 이상도 이하도 아니고
개가 첫 이름의 개일 때 고양이가 첫 이름의 고양이일 때
가혹한 그 분리가 통쾌하기도 했을 것, 그것으로 포유류,
새끼들 포유를 위하여 색맹도 견뎠을 것이다.
내게는 견딤도 혼종이었다.
다 따져보지는 않았지만 대비도 필경

슬프지 않은 것이 없다. 대비는 색이다. 음악보다
더 진하다. 약한 초록처럼 보이는 노랑, 진하여 더
약해 보이는 보라…… 당신은 좋은 남자야, 하던 그녀는
나를 사랑하지 않았다. 내게 슬픔도 혼종이므로 직각
ㄱ자로
아래를 잘려도 위를 잘려도 사람들이 움직이고 컴퓨
터 창에서
움직이는 것들이 여전히 움직인다. 지나놓고 보면 히
틀러 없이도 몰락의
총아가 있다. 나 장례식 때 존칭 생략해다오. 죽음에
존칭은 애도의
독점과 관계가 있다. 네가 듣는 음악을 듣고 있다 보면
네가 옆에
있는 느낌이고 죽음은 그런 것이다. 오래되어 투명한
나무 책상의 온전,
각짐이 더 각진 그것 속에서 속옷 차림 하이데거가 설
거지를 하는
씻음에 대한 믿음, 그때 알 것이다 왜 과일이 죽어서
더 익어가는지, 왜 벌레

씹은 맛이 산 인간에게 그리 아무렇지도 않게 지독했
고 왜 구멍 뻥뻥 뚫린,

탄탄한 Del Monte Highland Honey Premium Sweet
Mountain-grown Bananas

상자 속 포장지가 골동의 왕실 소유 악보였는지.

뭔가 어떻게든 살려볼 생각이 전혀 없는 극좌와 가진
것 한 푼 내놓을 생각 없는

극우 사이에서…… 그 생각 하고 살면 나머지가 모두
천당이지만 입장入場들만 있는

지루한 천당이지. 그때그때 넋의 중간중간이 늘어난
다. 심판보다 더 오래되고 죄라는

말 잊고 그만큼 지겨운 날짜다. 태초에 무슨 죄를, 그
때 저지를 무슨 죄가 있었지, 죄의

창조가 원죄의 시작? 내 일이 나의 내일이고 혼종이
돈키호테 보석 상자고 제목 글자 크기를

더 줄이는 Baskin-Robbins, Freeze the Day Eat이고……

내가 참가한 추도식들은 모두 하나같이 실망스러웠다.

추모가 더 그랬고 비통이 더욱더 그랬다. 산 자에게 기
념 또한 현재의

실연이겠으나 죽은 자에게 기념식은 예술보다 더 복잡한 죽음의

거리距離가 필요하지. 죽음의 흑백이 천연색으로 폭발하는 죽은 자

현재가 필요하다. 죽은 자 살았던 과거 생애가 그냥 재연되는

기념식은 죽은 자에게 '백 년 전' 기념식 같고, 백 년 전에 기념식 같다.

지상에서 유일한 안식처 같지 않고 여성 같지 않고 축제 같지 않고

죽은 자가 모처럼 일순 현재의 육을 입은 것 같지 않다.

산 자들도 어렴풋이 그것을 느끼는 입이 쓸 것이다. 천진난만한 애들 노래가

산 자보다 죽은 자에게 더 위로가 될 것이다. 슬픔이 슬픔 같고 미래가

미래 같으므로 사랑이 사랑 같을 것이다. 신년 콘서트가 신년 콘서트 같을 것이다.

죽은 자 생애가 그냥 반복되는 기념식은 죽은 자에게 사실

'백 년 전' 기념식이나 백 년 전에 기념식만도 못할 것이다.

백 년 전 기념식은 최소한 백 년이 유구한 백 년 전 기념식이고

백 년 전에 기념식이다. 죽음이 백 년 전 같은 위로가 왜 없겠는가.

한 백 년 똘똘 뭉친 것 같은 뿌듯함이 왜 없겠는가. 죽은 자 죽음의

새로운 내용이 바로 형식인 신예의 시간이 더 엄정하고, 그것이 산 자의 죽은 자 추모 형식이다.

눈먼 흑인의 오르간 연주뿐 아니라 사실은 모든 무대가 그것을

화려하게 지향한다. 천연색이 죽음의 폭발을 부르기도 하지. 1960년

레너드 번스타인의 청소년을 위한 음악회. 음악이 자신의 유년을 확인했고 유년이

자신의 음악을 확인했다. 오늘이 이리 옛날이었던가 아니라,

옛날이 이리도 생생하게 매일매일 되살아나 왔던가

이다.

　오늘 기념식은 옛날의, 죽은 연주자도 있는, 오늘 연주
다. 모든 연주가

　죽음의 연주 아니라 죽음이고 재탄생이다. 생로병사의
변주를

　벗을 수 없으나, 벗을 수 없음이 바로 벗음인 작별이

　그리 감격스러울 수가 없다. 모두 여성의 유년으로 되
는 그 순간이 기념식

　연주회장을 나서며 끝난다. 감격은 끝나지 않는다. 아
니라면 왜 그리

　열창에 열창이었나 디바들이, 음의 오르가슴이 육체를
벗는

　육성으로 제 거구를 통째 날려버릴 듯이, 그리고 왜 전
설을 계승하나?

　서양인에게 중국 뒤로 잠복한 일본 음악의, 제2차 세
계대전 속으로 사라져

　한 천 년 새겨진 한 2백 년 전 기념식도 있다.

　그리고

　이것이 최후 아니라 그 후의 구술口述이다:

거룩의 탄생 그 자체였던 구술이 처음부터

아니 시작되기 전부터 역사와 다를 것이라는

예감의 파란만장을 펼치는 것은 맞다. 하지만

그 후 스스로 어쩌지 못하고 결국 '민중'이라는

제한구制限句 혹은 주체의 육肉을 이루는 것은

그것으로 만족한다는 뜻일까, 아니면 육체 고난으로
시작된

거룩의 역사가 육체적으로 우선 거기까지라는 뜻일까?

역사 발전에 비해 몸의 발전이 매우 더디고 거룩의 발
전이 너무 더딘 끝에

역사보다는 반복의 발전에 더 밑줄을 그어야 하거나
그 모순 너머에 거룩이 있거나

거룩에 역사가 없다는 내용의 그냥 파란만장 형식일
뿐일까, 아니면

5천 년 전 예언이 5천 년에 걸쳐 육을 입으면 최소한
그 과정만큼은 거룩을 능가하는 현실의

가능성의 육화라고 할 수 있다는 것일까, 아니면 거룩
이 육체 고난의 과정인 결과 아니라

너무 근접한 자연의 거대에 경악한, 오해에 불과했다

는 뜻일까?

　얼굴이 살아남아 남부럽지 않고 약간 귀티 나고 다만
학구적인 오십대

　예수를 닮은 인류학자 박현수가 편찬 총괄한 20세기
민중생활사연구단

　〈한국민중구술열전〉을 읽는다.

　민중의 역사, 민중도 역사도 낡은 거대 담론으로 낡아
버린 시대

　'구술'은 생의 체취의 위의를 잃지 않은 몇 안 되는 단
어 가운데 하나고

　민중구술열전은 1904년부터 오늘까지 이어진다. 최근
서너 명이 노환으로 가고

　나머지가 오늘까지 이어진다. 구술자 부인 구술이 남
편의 생에도 그녀의 생에도

　기억과 다른 생이 있어 역경이 그리 풍성하고 가난이
그리 따스한 느낌이었던

　것처럼 이어지고 누구든 본인 인생을 산 것이 본인 아
니라는, 어느 때부터 우리가

　인생을 살지 않고 인생이 우리를 산다는 투로 나아간

다. 아직도 한강을 떠나지

　　못하고…… 이건 20년 전 나이고 20년 후 나이고 다만 한강 어부에서 트럭꾼까지

　　직업을 전전한 구술자는 서울이 고향이지만 그렇지 않은 내가 그럴 수 없는 이 반복이

　　군대가 생로병사나 관혼상제 가운데 하나라는 교훈으로 굳어지기 전에

　　이렇게라도 남기기 위해서가 아니라 사라져 이런 식으로 남았기에 이어진다는 듯이

　　열전은 이어진다. 아버님은 네 살 때 할아버지는 여덟 살 때 돌아가시고……

　　돌아가셔서 남았다는 듯이 이어진다. 수절 과부와 월남한 여자 나온다. 마포

　　'최대포' 창업자, 조선공산당 후보 당원 빨치산, 새마을운동 지도자, 일본인 주물공장

　　노동자 나온다. 생업으로 년도와 날짜의 세세한 차이를 더 세세히 뒤섞으며,

　　그 뒤섞임으로 고난에 달하는 고생의 위엄인 육체를 드러내겠다는 듯이

민중열전이 이어진다.

거룩의 탄생 그 자체였던 구술이 처음부터 아니 시작되기 전부터

역사와 다를 것이라는 예감의 파란만장을 펼치는 것은 맞지만

그 후 내 어린 시절이 밤섬 폭파 이전과 이후로 나뉜다. 정확히 밤섬 폭파

소문 이전과 이후로 나뉘므로 내 어린 시절이 지금도 나뉘고 그 후 내 인생에

책 한 권으로도 모자랄 분량의 구술이 없다.

이름을 알 수 없거나 알아도 누군지 알 수 없는

여가수 데뷔 앨범 한 장. 그것을 바라보는 사내, 아주 늙은

경음악 악단 연주자 하나. 그가 자신의 나이를 모르고

백 살이 넘었다는 것도 긴가민가하고 경음악이 스스로

경음악인 것도 잊고 그의 나이를 닮으며 형편없이 낡아간다. 원래

그게 경음악의 경지였다는 듯이.

그는 바다가 왜 저리 보채는 건지 모르고.

지금 보면 태초의 영광이 바로 추락의 반복 심화라는 골자骨子의
피아니스트 밴 클라이번 생애가 있다. 그것 또한
리드미컬하게 있다.
오늘은 창비 통합 시상식 및 망년회 가야겠군. 뒤풀이 장소로 곧장. 아미고, 그거
한국관광공사 근처 아냐? 집 전화로 물으니 각 단어
윤곽이 어딘가 심상찮은 쪽으로 괜찮아지고 그래서 또한
어떤 또 다른 생애의 가닥이 잡힐 것 같다. 이어지는 생애가 이어지는
까닭의 가닥과 더불어. '아미고'가 '친구'였지…… 심심치 않군. 때로는
뒤통수 한 방 맞는 것도 심심찮아서 좋은 일이다.

추석의 나이
— 어린 상주에게

추석이라 더욱

노골적으로 늙은 선물 매실즙, 석류즙, 오미자즙, 홍삼
엑기스 건강

식품들 가운데 더욱 싱싱한

과일들은 몇천 년을 죽고 산 것일까, 사람은 그것으로

몇 년을 더 그러는 것일까?

사양辭讓과 가장 깊숙이 떨어져 있는 추석 선물 가운데

이관희 유고 시집『착한 소가 웃는다』는 추석

성물聖物이다. 시간 바깥에서 무르익는다.

상주가 자비출판하여 아버지께 올리고

문학을 잘 모르니 부친 유품에서 평소 애독하던

책들 찾아 그 저자들께 이렇게 보내게 되었다, 읽을 책
집필할 원고 많으시겠지만 이 시집 꼭 한번 읽어봐주
십사,

동봉한 편지 내용은 그렇다.

효孝가 추석을 무르익게 하고

무명도 미완도 감사도 무르익게 한다.

사후와 사후의 아픔도 무르익게 한다.

이관희는 1958년생. 나보다 나이가 네 살 적으니

장남은 아무래도 상주로서 어린 나이겠으나
그가 추석의 나이일 것 같다.
그리고
추석의 나이가 무르익는다.

장례 걱정

왱왱 아니고 붕붕대는 비실비실 가을 모기들 손쉽게
잡으며

내가 아무래도 모기 장례를 모기들 대신 치러주나 보
다. 왜냐하면

모기가 정말 죽으러 와서 죽고, 죽는 기척도 없다. 배
때기로

피를 뱉은 흔적이 없다. 그냥 자국의 희미한 기억만 있다.

아무래도 죽음 본능이 있는 우리 시대의 역사, 그 말이
가능하고

볼수록 그 자국의 기억이 어떤 랜드마크 같다, 천 년
단위로

윤곽 뚜렷한 시간의 장례 모양을 천만 억만 년 단위로
더 뚜렷한 윤곽으로 바꾸는.

스스로 혹은 집단으로 장례를 치를 수 없는 모기로서는

살아생전 보여줄 수 있는 지상 최대의 쇼라는 듯이.

하긴 시간이 시간의 장례를 어떻게 치르겠나, 인간인
나의

장례가 나는 걱정이다.

유튜브 음악이 삭제되고 삭제되면 저작권 없는 불쌍한

소비에트 출신 연주자들 음악만 남게 되나?

가장 아름답게 엄정한 그 음악이

실패가 에우리피데스 실내 가정 비극처럼 초라한 소비에트

정치의 더 아름답게 엄정한 장례를 이루게 되나?

그게 맞다.

그때는 김수영문학관

발목 접질렸던 게 남아 신발이 끌릴 때마다 통증이 격했는데

그때는 그 속으로 추락했다 한없이 중력 속으로 자살의 중력이

갈수록 무겁게 쌓이며 갈수록 추락만 이건 뭐 외계인 고대

문명 창조설 같고 그때는 김수영문학관 개관

기념 학술회의가 네 시간이고 그의 말의, 단어의 드라마,

낯설게 들어서자마자 오르간 음악도 없이 정통을 세우는

그 드라마 밖에서 모든 회의가 지겨울밖에 없다. 아무리 불쑥 찾아와도 사상 통일

학습의 반복 같고 내가 스탈린 사후 스탈린주의와 싸우는 레닌이라도

된 것 같지만 그것도 말 그대로 반복 그 자체다.

그때는 김수영문학관. 서울특별시 도봉구 방학동

연산군묘와 더 오래된 전설의 은행나무 근처 문화센터 자리에 들어섰다.

소설가

그가 나보다 젊고 시인들과 달리 내게 겁을 주지 않지
만 곁을 주지도 않는다.

혹시 그가 영영 끊을 수도 있으니 한 6개월 지났다 싶
으면 화들짝 놀라

먼저 연락을 하곤 했던 것인데 세월 엄청 지나 웬 눈
평평 내리는 날

둘 다 엉망으로 취하여 웬 여성 노인네 한 분 서울 마
감 농촌 시작 고급

주택가까지 바래다주자 새벽 3시 지났고 우리가 웬 텅
빈 터미널

대기실 나무 벤치에 몸을 넝마처럼 부리고 졸며 잠 깨
면 정말 숙취에

죽었군…… 그리고 있는데 웬 예쁘장한 소년 남창男娼
하나 슬그머니 다가와

수작은 아니고, 자신의 생을 자랑 겸 하소연 겸 늘어놓
는구나 싶더니

형편없이 취한 나보다 더 취한 그의 눈이 삽시간에 반
짝이고 둘의 이야기가

매우 진지하게, 두 시간 이상 이어졌나. 그가 나보다

젊고, 신기한 것을

취재하는 자세 아니고 생生 소수자에게 문학의 곁을 주는 자세였다.

왜냐면 소설이 바로 세상의 곁이었다.

그가 나보다 젊고 웬일로 크리스마스카드를 그 작은 크기만큼 귀한 선물과

함께 보내왔는데 내년에는 '쪼끔' 더 자주 만나자 한다. 나도 소수자가

된 건가? 뭐, 세상의 곁이니 소설은 소설 속 모든 것이, 풍경조차 생 소수자다.

사내한테 받은 편지에 이렇게 설레다니. 아니 소설한테 설레는 것이지.

딸 같은 여자에 설렐 수도 없고 또래 여자라면 설렘 아니라 포기에 가까울 것.

그가 나보다 연로하고 그에게 내가 번역한 셰익스피어 한 질을 보내겠다

약속한 것이 도대체 몇 년 전인가. 주소를 몰라서라며 게으름을

한없이 늘렸는데 생각해보니 내 둘째 아들 결혼식 때

164

왔고 청첩 받아 왔겠고

　이런. 내가 주소를 알려면 언제든지 알 수 있었다.

　그때 다섯 권 보낼 것을 이제 스물세 권 보냈다. 그게
문제가 아니라,

　변명 아니라, 보내고 생각해보니 그가 살아서 아들놈
결혼식엘

　왔던 것인지 세속 유장한 그의 소설이 물어물어 식장
에 도착했던

　것인지 헷갈린다.

　워낙 연로하고 체구가 아주 작고 살아서도 몇 년 전부
터 자신의

　지상 자취를 차근차근 지워나가기로 했다는 본인 말
쏨이 그때 있었나?

　이 헷갈림, 게으름 탓이라면 정말 소중한 나의 게으름
이다.

Epilogue: Bagatelles, 베토벤 작품 번호 126

베토벤도 베토벤의 베토벤도 없다. 평생의 모든 것이
보이는 것만 있다. 단순하게 아주 단순하게, 생로병사의
골격인. 가장 낮은 지남철의 가장 표면적인 피아노
계단인. 신화가 계보고 우주가 세계관인.
　Original들이 있고 간혹 허섭스레기도 없지 않지만 더
두껍고 더 실한
　내용의 디자인이 홀쭉한 깎은 듯 사각인 것이 전체를
신뢰케 하는,
　베르길리우스 『아이네이스』 고대 로마 거인이 거인치고
약간만
　산뜻을 벗어나, 옅은 분홍의 『셰익스피어』가 그의 시대
노천극장
　스케치처럼 날씬하고, 존 키츠 편지선選이 오래전 그
의 편지를
　내가 받은 것처럼 다정하여 보고 싶은 Doubleday Anchor
Books
　단수單數를 강조한 디자인이 있다.
　Eschenbach 둥근 지붕 모양 투명 볼록렌즈가 들어 있던
검은 자루를 결국 버리지 못했다.

그 볼록렌즈를 담고 검은 자루가 담겼던
박스를 결국 버리지 못했다.
그것들 따로따로 있다.
볼록렌즈가 볼록렌즈 위치에 검은 자루가 검은 자루
위치에 그리고 박스가 박스 위치에.

2부

—

현대·구약·도해

서序
— 말씀

슬프다, 존경하는 나의 선생님
위독하시다.
더 슬프다. 존경하는 나의 선생님
우울하시다.
슬프다 오르간 소리 허물어지고
더 슬프다, 음악이 허물어뜨리는 음악이다.
더 슬프다, 무너지는 도서관과 사라지는
도서들보다 태초의 말씀이.
야훼, 내가 나다, 왈츠
불을 발견했다고?
바람은?
비는?
처음에 혼연일체
물질인
춤 하나 있었다.
아주 오래 걸렸다, 거기서 불이 바람이 비가
구분되는 데. 너무 오래 걸려서 할 수 없이
생겨난 정신이 구분되는 데 더 오래 걸렸다.
우리가 아는 춤이 가장 나중 구분되어

아직도 구분을 거부한다. 스스로 아직도
처음의 혼연일체 물질인 줄 안다.
춤 아닌 것들도 헷갈린다.
내가 나를 벗어난다.
벗겨내지 않는다.
춤 아니면 봉건이
방대하고 우매하다.
동독 생활
박물관 끔찍하다.

양재 숲
─ 천지창조

이야기가 전승되면서 살이
장식처럼 혹은 장식이 살처럼
붙는 게 아니다.
슬픔이 다하는 유머가 이야기
줄거리의 줄거리인
생애이다. 신비 아니라 눈에 띄는
가슴 아픈 것을 어떻게든
가슴 아프지 않게 승인하고 접수하려는
방편이지. 중요한 것은 승인이 아니라
접수니까.
지금 가장 가난한 식구가 가장 가까이
있어서 눈에 밟힌다.
가장 가난한 식구가 조금 덜 가난한 식구보다
조금 더 값이 나가는
유년이 지금 우리의 유년이다.
절규를 모면하느라 음악의 유머가 견디는
부조리가 일상의 『창세기』보다 더 본질적이다.
이를테면 가난의 처음인 아담과 이브가
다리에서 아이를 주워 올밖에 없는 그것보다.

신비는 없다. 왜냐면 어떤 까닭 없는 첫 탄생이
까닭 없는 태초의 거대巨大를 까닭 없이
두려워하지 않을 수 있겠는가?
그래서 부자 동네 부자들이 동네 도처
울울창창
더 단순한 숲을 세운다.
관광이 왜소하고 좌회전 우회전
산보가 낯익고 비에 젖으며
제 키보다 더 울울창창한 숲이다.
아무리 난해해도
출산이 아름다움을 낳지 않는다.
유머가 결국 우울해질 무렵
출현한다, 아름다움이 출현이다.

El Condor Pasa
— 아담과 이브

〈OBS 스페셜〉이다. 검은 콘도르
한 마리를 남미 오지奧地 산악 동네
주민들이 날려 보내려 한다.
검은 콘도르 한 마리
날지 않으면 마을에 재앙이 닥친다고 믿는
주민들의 성화에도, 성화의 세파에
오래전 지친 듯
검은 콘도르 한 마리
좀체 날려 하지 않는다.
마침내, 당연하다는 듯이 아무렇지도 않게
아주 한데 하늘에서
하얀 콘도르 한 마리
날아온다, 한 마리 아니다
홀연이다.
그것이 온전한 모습을 드러낼 만큼
가까이 오기 전에
가까이 오지 말라는 듯 부름에 응답하는 듯
마침내, 당연하다는 듯이
검은 콘도르 한 마리

날아오른다. 얼마 안 가서 두 마리 아니다.

아주 조금만 부드러워진

홀연의 쌍쌍이다.

지상이 삽시간 전국 네트워크 CMB, 옛날

김상희가 MC 맡은 〈대한늬우스와 함께하는

'리사이틀 인생쇼'〉에서 쟈니브라더스가

몇 올 안 남은 백발 혹은 가발로 「빨간 마후라」 부르는

창립 50주년 맞았다.

피날레는 50년 전 자기들 히트곡보다 더 전에

6·25 지나 거의 일제시대로 흘러간

유행가들 부르고 있다.

빅뱅으로 시간과 공간이 탄생했다고?

시간이 낳을 뿐 탄생하지 않는다. 왜냐면

탄생이 시간 속에 있다. 공간이 안 그렇겠나?

시간이 파괴하지 않는다. 왜냐하면

시간이 생명이다. 공간이 안 그렇겠나?

시간과 공간이 없는 글로도 시간의 역사를

쓸 뿐 시간의 탄생을 쓸 수 없다.

시간의 실현이 인간성 실현이다.

돋보기 눈
── 에덴동산

가물가물한 활자 형태를 분명히 하려면
거리 디자인이 필요하다.
좋은 벗들과 술 한잔하러 단골집 가지만
먹자골목 디자인의 가장 무거움을 벗으려
발광發光하는
간판 기타 등등이 아무리 걸어도 디자인이라는
가장 가벼움을 결국 벗지 못하는 거리다.
우리가 하찮은 인정人情으로라도
탈脫을 극복해야 하는 거리지.
서정이 청초한 금관악을 입고 질질 끌며
따분하기도 하다가 「Gaudeamus Igitur」,
광활한 대단원을 펼치는 「대학 축전 서곡」, 아
그러려고가 아니라 그래서 지루했구나 싶은
허튼 인정으로라도.
안 걸어도 걸음이자 춤인 거리이자
디자인으로 내가 걷는다.
내가 활자를 안 지 얼마 안 되어 또박또박
보이는 단어와 뜻을 소통하게 되었지만
뜻이 단어 활자의 죽음으로 완성되는 것을

최근에 비로소 알았다.
못 하나가 책상에 박혀 있지 않고 자꾸
튀어나와 나를 성가시게 하는 최근과
거의 맞물리는 최근이다.
마음의 눈이 대신 밝아졌는지 요새는
문학이 끝까지 유체 이탈하지 않으려는
안간힘 같고 멍하니 앉아 있으면 이따금씩
회고에서 문법에 이르는
기존도 유체 이탈이기 쉬울 것 같다.
내가 나를 나한테서 찾지 않는
검색도 유체 이탈이다.
감동적인 사진이 명장면을 찍지 않는다.
감동적인 사진이 명장면이다.

시간의 발견
— 사해문서

일본 수상을 10년 넘게 한 아베 신조가 내 동년배라니
국내고 국제고 할 것 없이 정치가 젊은것들 판이다.
그렇다면 얘기가 다르지.
독도니 정신대니 평화헌법 개정 문제로 아베 신조 그냥
욕하는 재미에 빠져 내가 노련한 국제정치보다
훨씬 더 늙어버렸다.
정치인들 욕하는 게 애국인 마당에 나도 발을 담갔으니
참상을 국내 정치보다 훨씬 더 악화, 협소화하는 식으로
자존심을 어영부영 개개며
훨씬 더 비굴하게 쪼그라들었다.
아라파트가 그런 식이었지만 그로서는 그게
해도 해도 안 되는 처지의 바닥 것들이 어떻게든 버티
려는
작전이자 순교인 면이 있었지.
현실이 늘 나의 경험보다 크고 넓고 깊고 미래가
현실보다 더 비정해서 미정 아니라
미정이라서 비정하고, 어쨌거나 젊은것들
앞날 창창하게 젊고 앞날 창창하기에 있는 것들인데
나 같은 것이 무시하면 안 된다. 미래 전망과 직결된

정치판에서는 정말 더욱 안 된다.

노동의 월 화 수 목 금 토,

진리가 영영 발굴되지 않고

죽음이 영영 발견되지 않는다.

역사만 발견된다.

월 화 수 목 금 토

순서를 바로잡는 일요일, 그러나

첫째 둘째 셋째 넷째 다섯째 여섯째 날

내용을 다 정리하지는

못하지. 노동이 끝없이 늘어나고

시간을 발견하는 일요일

말미가 일요일 말미로 이어진다.

아빠, 여기 토론토에 도착한 지 이제 일주일이다. 왜 이렇게 연락도 없나 하고 있었지? 서울은 비가 많이 온다던데 여기는 밤 9시가 넘어도 대낮같이 밝아. 덕분에 얼굴이 좀 탄 것 같아……

토론토가 다 보인다^^. 잘 지내다 와. 아빠가.

잡지 소설
— 카인과 아벨

기발하면서 편안하고 드러나는 솜씨가 아담하고
한없이 번져가면서 한없이 중심이 안정되는,
모든 것이 현악오중주를 닮지만 현악오중주
장르의 가장 늦은 만년에 이르는 것을
처음부터 포기하는, 삶아 누른 돼지고기 같은.
형제,
30년이면 충분하다,
죽음이 삶을
응축하는데.

겹치다
— 노아 바벨탑

각각의 원색이 살[肉]보다 더 비리고
원색적인 수산 시장 대형 수족관
그 안에 갇힌 것 모르고 유유히 헤엄치는 갖은
수산물의 언어를 우리가 그렇다고 더
잘 아는 것은 아니다. 아무리 생활이 북적거려도
수산물은 생선 이전 우리 눈에 보이지 않고 우리 귀에
들리지 않았을 때 어렴풋이 알아들을 수 있는
물고기
생명의 언어로 말했을 것 같다. 바닷속이 그것들의
문법이다. 왜냐하면 지금 그것들
구체적으로 모르고 우리가 추상적으로 아는
죽음에 직면해 있다.
내 방주 밑에서 바닷속 심하게 출렁인다.
내 방주의 온갖 육지 생물도
사정은 마찬가지. 문법이 육지 야생이지
인간의 실내가 아니다. 분류도 실내이고
길들여지는 것이 그것들한테는
구체적으로 모르는 죽음과
가까워지는 것일 수 있다. 왜냐면 갈수록

죽음이 인간의 문법이다.

내 방주 밑에서 바닷속 더 심하게 출렁인다.

홍수가

무너진 바벨탑 너머 죽음을 극복하는

더 큰 죽음 있는

천사 마태와 사자 마가, 황소 누가와 독수리 요한

복음이라는 듯이.

판화가 사망 30주기 회고전
— 롯

대를 이으려 나의 두 딸이 술 취한 나와 하룻밤
차례대로 동침한 소문은 사실이 아니다.
멸망하여 마땅한 인류가 멸망한 마당이었다.
가문의 공공 따위가 무슨 대수인가, 마지막
남은 내가 술주정뱅이 판화가 노릇으로 나의
멸망 또한 바라며 여생을 마쳤고 내게 사별한
아내와 그렇지 않은 두 딸이 있었다는 것조차
믿어지지 않는다. 그렇다면, 인류가, 최소한
내 가족과 가문이 어떻게 이어져 번창했냐?
글쎄다. 나도 그것이 궁금하여 나의 30주기
회고전 마련했으니 한번 와봐라.
내 뒤로 등장인물들 모두 모여 춤추는 행렬의
공동체 있다. 목판화 원판들도 모여 있다.
더 민망한, 나 살아생전 미공개였던 드로잉들
서툴고 낯설게 너무 많이 있다. 그것들이 내
딸들이라는 소리일지도. 그보다 더, 돌이킬 수 없이 이
른 1968년
청동 근육 덩어리 제목 없는 소돔과 고모라 그 밖에
남녀 전신상, 두상, 나체……

해변 적당한 비린내로 섞일 수 있던 처음의
육체가 처음으로 섞일 수 없었기에
젊은 날의 추억이 늙어갈수록 축축하다.

덕수궁 대한문
— 소금 기둥

1897년 망해가는 조선 국호가 대한제국으로
승격되어 나라 전체가 입을 쩍 벌렸지만 왕조
육안에 보이지 않았다.
1905년 외교권을 일본 제국에 **빼앗**기고 아직
망하지 않고 제국 왕조가 1906년 대한문으로
개명하느라 대안문을 겹처마 단청에 각 마루를
양성화兩城化하고 취두鷲頭 용두龍頭
잡상雜像 얹었다.
지금 시청 앞 광장 한 귀퉁이 떡하니 차지하고
대한문, 대한제국에 비해
큰 것도 아니다.
작은 것도 아니다.
적절하다. 처마가 행인들 육안에
입을 쩍 벌리고 있다. 젊은 저잣거리
홍대 앞에서 연남동으로 이국적이고
국제적이고 내국인이고 외국인이고
관광이고 내수인 불야성 이루고
대한문 앞에 구한말 유생이고 백성인
상소의 노래들

소금 기둥 되었다.

짐승의 귀에 들린다.

뒤돌아보며 부르는 노래가 뒤돌아보지 않는다.

알라딘 헌책방 바깥
— 사라

인터넷에서 예스24한테 수적으로 꿀려도 지적으로는
꿀리지 않겠다는 알라딘이 오프라인으로 알라딘
헌책방 열었다. 지나다 보니 오늘 입고 1,241권.
근친상간이 마음의 눈에 안 보일 정도로 널리 분포해야
가계도 구성이 비로소 극복되나? 거대한
재회 기적이 사소한 밀실의 그것을 불가능하게 하나?
하긴 헌것들이 최초를 다투며 제값을 올린다. 최초가
바로 기적이라는 듯이. 누가 최초일 수 있나? 창밖에
늘 그 밖이 있다. 집 안에 가장 오래된 것만 있다. 인류
최초가 있기 전에 인류 그 밖의 인류가 있다. 알 수
있는 것은 볼 수 있는 일개 집안의 최초 가계도
뿐이다. 그래, 그것도 여자가 제 몸으로 알 수 있기에
볼 수 있는 거군. 가부장 사내들 최초의 기적을 우겨댈 뿐
어디로 어떻게 집구석 돌아가고 제 씨앗들이
분포되는지조차 모른다. 알라딘 헌책방 닫혀 있다. 앱
으로
  사소하게 깊어가던 여성 상위가 돌이킬 수 없이
  완료되었다는 듯이. 젊은 남녀들이 쌍으로 미친 듯
  거리를 싸돌아다닌다. 기상천외한 식낭들의 기상

천외한 먹거리들, 죽은 지 오래된 처지로도 긴장을
늦출 수 없을 것이다. 매일, 처음처럼 기적이 참으로
잔인한 방식이고 늙은 본처의 알지 못하는 눈에
와서 박히는, 보이는 것이 현대 비극이다, 갈수록
졸렬이 예민하고 치열해지는.
오죽하면 사내들이 가정 위층 소음과 아래층 발코니
흡연 사이 층간 살인을 낳겠나? 가정 바깥은
말할 것도 없으니 귀가한 사내들이 지들끼리
저지른 사고를 각자 기적이라고 부르는 것인지도.
살인은 물론 피살도 근친상간과 같은 시기
같은 경우이고 같은 최초 같은 바깥이라는 듯,
내 몸이 사건들의
지도라는 듯이
모든 본처가 늙었다.
처음의 천막을 치기 전에 이방인의
읍들 들어섰다.
숱하다는 말, 숱하게 두렵지,
두려움을 희석하지 않는다.

후대의 비유
─ 아브라함 미래

한강 떠난 적만큼이나 양화대교
발로 건넌 적 아주 드물다. 이렇게 혼자 건넌 적
기억에 없다. 이렇게 없다는 거
굉장하지. 요단강 건너가 만나리라니,
마누라도 없이 무슨 요단강 건너?
이런 비유는 죽음의 뒤통수 아니라
죽은 내 뒤통수를 후대가 치는 격이다.
굽이치는 것과 펼쳐지는 것이
구분되지 않는 한강 물 양옆에 끼고
양화대교 건너는
걸음은 아무래도 걸음마다 나의 영생이
구체적으로 끊기는 만큼 후대가
더 구체적으로 이어지고 번창하는 방식이지만,
흡족하고, 후대의 주먹도 내 뒤통수도
아프지 않지만 그래도
후대의 주먹이 아프지 않을 것을
아니까 치고 내 뒤통수가 죽어서
아픈 것을 모르고 맞는
비유리면 죽어서도 좀 **억울**할 수

있는 거 아닌가?

모든 희생이 자기희생인데 산

짐승이라니, 산 짐승 제물 아니라

비유를 혼동한 시간의

언어도단 아냐?

봐, 후대가 얼마나 황당했으면 후대의 후대가

씨름과 씨름을 하고

사다리에 사다리를 놓는다. 죽음이

격세지감에 지나지 않는다는 듯이.

건너고 나면 양화대교가

후대의 후대의

후대의 후대이다.

비로소 내가 건너온 이야기 아니라

건너간 이야기이다.

눈먼 남편
— 레베카

사내가 사랑하는 여자의 짐승을 여자가 사랑하는
사내의 짐승을 알지만 사랑하는 동안에 어떻게든
짐승을 길들이려는 노력은 아무래도 여자 몫이다.
혹시 행위 중 여자가 사내보다 더 짐승스러워지는
식이라도 수습은 여자 몫이다. 사내의 난폭이 매번
끊기듯 완료된다. 반성이 반복될 뿐 사색의 여지가
이미 물 건너간 뒤이지. 내 남편 어렸을 때 부모한테
짐승 취급당했다더니 상태가 더 심각한 것 같다.
하긴 안 그런 사람 몇이나 되겠나. 늙어 기력이
쇠한 끝에 눈이 멀고 나서야 남편이 길들여졌다.
왜냐면 그제서야 남편이 내게 평생 길들여져온
것을 깨달았다. 아들 쌍둥이 운명은 시시한
이야기에 지나지 않는다. 정액에서 하늘의 별보다
바닷가 모래알보다 더 많은 인간 자손이 태어날
것에 비하면. 첫눈에 반하려면 한 천 년, 첫 키스
하려면 다시 한 천 년 길들여져야 한다.

마포 아파트
― 야곱 만년

할아버지가 아버지보다 최소한 더
인자하다고 생각하는 부자의
공통이 1950년대 농촌 풍경 끝나기 전
나의 유년에 벌써 영원한 순간과
눈 깜빡하는 영원의, 충분히 근대화한
교차로이다. 친할아버지 영원히 이북에
두고 외할아버지 이제 없으므로 더욱
차선이 넓은 교차로이다. 외할아버지
없지 않고 친할아버지 이남에 있다면
사전 불가능하거나 사후 무척이나 좁고
복잡했을 뜻이
확 트인 교차로이다.
짐승을 따라다니는 유목의 계약인 대대의
번식이 정착하면서 대대로 지워진다.
은퇴한 아파트 대낮의 주차장 한가하다.
승합차 한 대 오래전부터 남아 있는 듯 남아 있다.
그 지붕 위로 ⇪ 주차 표시판
한 층 더 높은 듯이 서 있다.
그 위로 치솟으며 나무 한 그루

담벼락 배경 삼아 숲을 펼칠 듯
양팔 벌리고 있다.
가지에 무성한 잎새들이 부서지는 햇살과
어울리고 하늘을 배경 삼아
무슨 각진 무늬 글자를 이루려다 마는
그래서 더 남녀 높낮이가
절묘하게 튀는 보컬 앙상블 같다.
딱히 반목이니 억압이니 할 것 없이 그냥
아버지라서 굉장하던 아버지들 돌아갔다.
아버지가 늘 그런 아버지이다.
아직 남은 고향이 늘 그렇지 못하던
어머니 차지이다.
앞으로도 그럴 것 같지는 않다.
앞으로 정착이 너무 지겨워질 수 있고
개념 자체가 이미 바뀌었을 수도 있다.
사진을 찍으면 산 사람들 표정이
비 내리는 포장마차 같은 데서 살아난다.
비에 젖은 서울이 왕성한 타관 객지 표정이다.
전에 서얼의 표정이었다.
더 전에 차남의 표정이었다.

등장과 퇴장
— 라헬

첫 키스가 첩의 축복이다. 의례적인 키스는
그냥 입을 맞추는 거지. 입맞춤도 아니다.
다산이 본처의 행운이다. 그냥 입에 입을
얹어도 자식들이 쑥 나와 쑥쑥 자라지.
뜨거운 첫 키스의 뜨거운 저주가 불임이다.
입에 입을 얹는 따위 받아들이지 못하고
첩이 된 나는 따스하게 조절하여 아이도
낳았다. 이미 세상의 남편인 내 사랑과 나
사이 아이, 이미 세상의 남편인 내 사랑이
가장, 나보다 훨씬 더 예뻐할 아이였다.
여기서 내 얘기가 좀더 이어지지만
여기서 등장과 퇴장은 완료된다. 세상은
세상의 남편이 세상과 씨름할밖에 없다.
먼 옛날 첩의 엑소더스가 있었으므로
먼 훗날 본처의 엑소더스가 있을 것이다.
그렇게도 등장과 퇴장이 완료된다.
완료될 것만 등장하고 등장한 것만
퇴장하고 완료되지 않을 본처가 등장하지
않고 퇴장할 수 없다.

엑소더스 없이는 세상에 버려진 세상의
남편이 세상의 언제 어디서 어떻게 죽는지,
죽었는지 모르고.

화해

— 요셉 옷

꽃이나 과일 껍질 아니고
연체동물 빠져나간 조가비도 아니고
살아 있는 연지벌레 수백 마리를 온 몸통째
으깨어 빨간 물감을 내는 옷감
염색에서 문명이 시작된다 믿고,
먹고살 만하던 내게 출세는
에어컨을 틀어도 찌는 무더위에서
더 찌는 무더위로 상승하는,
뜻도 아니고 것에 지나지 않았지만
출세간, 문명이 제 밖의 문명을 알며
퍼져 나가는 문명이다. 처음이 없고
종합만 있다.
우여곡절보다 화려한 물감 동물 벽화
침실에서도 현실보다 더 어수선하고
위태로운 꿈은 없지. 너무나 오래 걸렸던
것이 사실 꿈이고 오해도 제대로 풀렸다
할 것이 없다.
두려운 직업과 신분의 끝에 이르러 비로소
우리가 촌스럽고 잔혹하지만

덜 사악한 가족의 역사와 화해한다.

화해보다 중요한 것은 화해보다 오래 사는 것.

기근이 세상의 가장 빈번한 현상에서 가장

난해한 현상으로 될 때까지 살았다. 누구나

오래 사는 것이 바로 엑소더스일 때까지

살아야 한다.

노래방 선곡

— 모세 생애

되돌아가는 것이 나아가는 것인
경향이 공연히 훗날 역사의 엄격을 낳지만
그렇게 거기서 고고의 대상으로 밀려난
유년이야말로 역사의 일이고 그래서 더욱
미래의 일이다.
황금 물고기가 정말 황금제 물고기고
공작 깃털 부채 부치는 바람 시원한
유년이 어찌 없겠나, 환란이 나중의
어른들끼리 일이고 비탄이 더 나중의
어른들 각자 홀로의 선택 사항이다.
십계명이 나의 선택 아니었다. 무엇보다
내용을 폐쇄화하는 그 엄격의 돌 형식이.
차마 눈 뜨고 볼 수 없는, 젊은 날 혈기의
노역과 고역의, 열 가지 재앙과 너무 가까운,
무한 앞을 헤쳐 열고도 침묵의 내가 건널 수
없는, 맨 나중 선택이 나의 것일 수 없는
사실을 맨 나중 깨닫는 내게 진정한 생애가
있기는 있었나 회의하는 나의 거리.
내가 있다, 내가 있다 외치는 나의 시작이

나의 끝인, 나의 모든 것을 쓰고 확립한 나의
생애를 십계명으로밖에 남길 수 없는 나의
운명의 거리.
나의 것보다 더 나중인 선택, 남의 적장자들을 몰살하
고 나서
정작 우리의 후대가 대대손손 현세 번영의 종교를
극복하지 못할 거리, 우리로 인해 죽은 것은 우리를 위
해 죽은
것과 같고 그렇게 많은 사람들이 방금 눈앞에서 죽었
는데
동족이, 눈에 보이는 것 말고는 아무것도 믿지 않던,
나의 누이들이 탬버린 장단으로 경축 행렬을 이끄는
미래 참혹의 거리.
무의미한 나의 생애가 끝나지 않고 영원한 시작일 것
같아 두렵다. 굶주려서 눈에 보이는
모든 것을 먹던 광야의 거대 포식 집단이 벌써
영원 회귀였을까 봐 두렵다.
숱한 누군가가 나의 희화일 것보다 더 내가 이미 과장의
희화였을까 봐 두렵다. 뜨서운, 낯익은, 낯 뜨서운

뇌쇄적 신음 소리, 감격이 얼마든지 짧게 완성되는 젊
은 날
유행가는 2절까지 길어도 3분. 나이를 먹으며 좀더
멋있게 흔들릴 수 있다면 대중 가수보다 더 행복한 직
업이
없을 것. 대중을 잃은 고독으로 자살하기보다
죽음과 더불어 멋있게 흔들린다면. 가끔 짐승 같은
해방구 고함 내지르면서.

민요 편곡
── 가나안 정복

고향에 사는 것이 도시가 있고
그다음에 도시 설계가 있는 뜻이다.
원래 살든 들어와 살든 별 차이가 없다.
젖과 꿀은 무슨.
있었던 고향만 있지 않고 있었던 고향만
있었다. 별 차이 없이 계약이 음모의
장으로 바뀌기 전에 별 차이 없이
종족의 국수주의 민요
상호 편곡부터 시작해야 한다.
그건 옛날식 육개장과 다른 문제이지.
고향에 사는 것이 도시가 있고 그다음에
도시 설계가 있는 뜻의 이상적인
시작과 끝이 민요 편곡이고 민요 아니라
편곡이 젖과 꿀로 흐른다.

첫사랑
― 삼손과 델릴라

실연도 비련도 서로 다른 민족이나 종족 혹은
씨족 사이 혹은 적어도 길 하나는 두고 마주 보며
서로 다른 가문 남녀 사이 일이다.
집안의 근친상간은 은밀의 쾌락이 짜릿하지만
첫사랑은 공개적일수록 영혼이 홧홧한
육감을 느낄 수 없다.
낯선 접촉이 너무 뜨거워 사내가 길길이 뛰는
것이 사자를 때려잡는, 여성이 잦아드는 것이
그 남성을 거세하는, 첫사랑의 육체적
착각일 수 있다.
늦어도 대학 1학년 때 가문의 선남선녀들이
첫 연애에 서투니 첫사랑이 필경 실패하고
처음이라서 가장 비극적이다. 배신당한
사내의 세계가 세속의 기둥뿌리를
제 것인 양 무너뜨리고 힘 없는 여자가
힘이 없기에 무슨 짓을 꾸미고 벌일지
모른다. 다행히 연애가 제 혼자 국적을 넓히고
제 혼자 인류의 씨알을 굵게 한다. 사실 연애보다
더 결국 해피엔드인 것이 없다. 민족과 국가

그리고 국제가 그래서 가능하다. 다만
처음부터 반복되는 처음의 비극이 갈수록
시들해진다. 비극이 지리멸렬해지는 것이
더 비극적 아냐?
비극적 아니면 더 비극적이고
비극적이면 덜 비극적이지만
이렇게 따지는 것이 벌써 졸렬하다.
누구든 첫사랑이 사랑에 치명적일 수 있다.
성공한 첫사랑은 더욱.

세속의 탄생
— 사무엘 혼령

블레셋인들 바다 출신이라 아직도
짠맛 신화들이 승승장구 중이다.
육지로 둘러싸여 지난한
매개의 일조차
그것에 비하면 너무 평범해서 이따금씩
일화를 요하지.
부추기는 시어머니의 노년 봉양을 핑계로
죽은 남편 닮은 사내한테 재가하는 과부 이야기로 시작,
돈 많고 우매한 남편의 죽음과 우매를 핑계로
전혀 다른, 혹시 그녀 대신 그 죽음의 우매의 원인을
제공한
미래의 사내에게 재가하는 과부 이야기로 끝나도
사실은 될 일이었다. 노아의방주가 계약의
궤로 바뀌었으니 출판의 금물인 판에 거룩이
직접 발품 팔아야 할 것을 내다보는데 예언자
예언까지 동원할 일 있나, 현자 현명으로 족하지,
이러다가 잔소리하는 아내와 싸가지 없는 딸년과
반항하는 아들놈까지? 나의 동족 블레셋 사람들 그
것, 참.

너무 설쳐대니 오죽하면 내가 고작 심령술사한테
불려 나오는 쩨쩨한 혼령 신세이다. 과부
이야기가 일화로 될 수 있는 일화도 덩달아
필요한 것이지. 살아생전 모세에 비견되던
나의 예언자 평판이 죽어서 기껏해야 과부
일화를 위한 핑계에 지나지 않는다. 최악의 경우
노고 혹은 도로의 악몽일 수도.
늙음이 고향이고 생계일 수 있나?
여행 이야기가 아무리 많이 파생돼도 과부의
역사가 이어지지 않는다.
입양의 부모가 거룩한 만큼만 거룩하고
나머지는 기름 붓는 기름의 용도와 무관한
의심의 지옥이고, 그렇게 거룩의 반인반수 물질,
세속이 태어난다. 이제 모든 도시는
수도가 필요하다. 갈수록 중심이기도 갈수록
최대이기도 한, 불륜이 스스로
정격화하는 수도이다.
살인이 화려하고 안 보이는 자살이 더
세속적인 수도이다. 왕은 무슨.

숱한 따질 수 없는 잘못들을 그에 따지겠다는,
결국 따지지 못하는, 자신의 그 잘못만 유산으로
남기는 왕이고, 세속이 탄생한 일화에
지나지 않는 왕이다.

경제
—솔로몬 아내가 파라오 딸

임기응변이 좀 뛰어날 뿐 내 남편의 지혜
크게 놀랄 것은 없다. 잠언이 반 넘어 전해 내려온
금언과 속담, 그리고 고사성어 아닌가. 어떻게 보면 이
런 수집
매번 전례 없이 지겨운 전례이다. 육체가 한번
죽으면 그만인 것은 놀라운 사실이다.
아무리 잘 꿰맨 미라도 별 무소용이라니
사소하게 아득하고 바늘에 뇌 찔린 듯 아뜩하다.
그래도 옷을 찢고 울부짖으며 아우성 생난리를 칠 것
까지야.
이곳 사람들 도무지 포기할 줄을 모른다. 준비성이 전
혀 없거나.
파라오 딸인 내가 저들의 왕비인
그 시간이면 준비할 것 준비하고 포기할 것
포기했어야지 말이다. 촌스럽기 짝이 없던 이동
천막 예배당, 수도 한복판에 영구 성전을 짓는다니
이제라도 다행이다. 이교도인 내가 보아도.
하긴 별 볼 일 없을 것이다. 으리으리한 것들이
내 고향 이집트에 쌔고 쌨다. 유행이 한참 지나 지금은

흉물들이지.

이 사람들 성전 장식물 케루빔이라는 게
얼핏 보아도 영락없는 스핑크스 표정이니
더 볼 것도 없다.
그런데 시바 여왕이 지혜를 구하러 남편을
방문한다고? 뭐, 못 올 것도 없지. 내가 더 이른 이국
문명과 역사의 먼 거리를 왔듯 그녀가 더 이른 지리
혈연과 가계의 거리를 올 수 있다. 그건가……
그래 그건가? 아무래도 내 남편의 지혜가 이 나라
평화와 연관이 있는 것 같다. 이곳 사람들
이렇게 평화로운 시대가 처음이라고 한다.
그렇다니 그렇겠지만 나로서는 이 평화가
정말 처음 보는 물건이고 낯익은 스핑크스
수수께끼이다. 그렇다. 내 걸어온 먼 길 다행히
전쟁이 없었을 뿐 평화가 쌓여온 길 아니었다.
내 고향에 국내 착취와 외국 정복 약탈 없이
번영 없었다. 약탈 없이 번영과 행복이 가능한
평화가 바로 지혜일까?
시바 여왕 예상대로 질투할 일 전혀 없었다.

선물 교환이 모처럼 화려했고 그녀가 떠나고
남녀 사이 가계 물물교환 아니라 국가 사이
교역이 이루어졌다. 알면 알수록 완전한 지혜가
한참 더 걸릴 것 같다. 아니 평화가 늘
미래지향이고 그보다 더
평화가 완전 미래이고 그보다 더
미래의 완벽이 평화일 것 같다.
그것을 남편도 다는 모르는 것 같다.
조형,
좋은 집은 생활의 밀착이 가장
튼튼한 기둥이고 좋은 나라는
죽은 이들 더 섧게 운다.

사창가 배회
―― 예언자 욥

내가 가난과 불행을 미친 듯 고수한다고 해도
끝까지 규탄이나 역전이나 낡은 권위의 회복
아니라 예언의 새로운 직능 때문이다. 익숙한
예언이 사라지고 실현된 미래 현실이 아무리
찬란한들 이미 낡아 보일밖에 없다. 진정한
예언은 익숙하지 않고 늘 예언 내용과 별도로
예언의 형식, 미학을 새롭게 구성한다. 예언자
아닌 시인 없던 시대의 몰락이 시인 아닌
예언자 없는 지금 이 시대를 세운다. 이 새벽
3시의 고소공포가 높이 완벽 아니라 따스한
바닥 체온으로 씻은 듯이 극복되는 예언이
시詩이다. 분열이 역사에 인접하고 예언이 입과
입을 눈과 눈을 손과 손을 몸과 몸을 합쳐도
다시 살아난 것이 기적의 아이일 뿐 내 아이가
아니다. 이런 슬픔 겪은 적 없지만 가장 혹독한
사례일 것 같지도 않다. 보석으로 치장된
나병癩病 있다. 과거의 유령, 공포만 남은 신화,
질 낮은 비유들이 우리를 대대로 정복하고
우리가 단숨에 건널 요단강을 지겹도록 길고

꾸불꾸불한 눈물로 살아간다. 미칠 노릇인
끝없는 반복이 미칠 노릇인 끝없는 노동을
영영 구원하느라 영영 미친 노릇인 미친 노릇
같아서 더 미칠 것 같다. 석탄 작열로 입을
태워도 말, 돌이킬 수 없이 더럽고, 생니
뽑아도 제정신, 돌아오지 않고, 눈에 안 보이는
전망을 말살하려는 듯 현실보다 가시적인
환영들이 창궐한다. 좋은 소식이 동냥 음식 같고
얼마 안 지나 불안하고 결국 불길하고 맨 나중에
음산하다. 무슨 포로, 무슨 망명과 방황? 무슨
낯선 땅 사자 우리? 무슨 해외파와 국내파?
우리가 우리 시간의 문에 갇혀 참회-발굴하는
생애만 보장받는다. 그 밖으로 까닭 없이
물리적인 절망이 절망을 제 손으로 저질러버리는
예언을 참칭한다. 무슨 농성, 우리가 스스로 우리
두 눈을 뽑아 적보다 더 흉포해진 지 오래인 마당에
무슨 꿈의 해석? 왕의 사망은 물론 제국 패망보다
더 오래 이어진 출세를 꽉 쥐고서 무슨 보이지 않는
손, 무슨 음모론? 물론 성욕이 남아도는 진열 있다.

전쟁도 그렇게 노골적인 전쟁이 없다. 크세노폰,
크세노폰…… 맥락도 없이 가장 난폭한 것이 맥락도
없이 가장 강고해진 결과의 이름? 맥락도 없이 가장
강고한 것이 맥락도 없이 가장 난폭해지는 과정의 이
름?

　맥락도 없이 '맥락 없음'의 이름? 그럴수록 '그럴수록'의
이름? 결국은 인간의 자기 자랑에 지나지 않는, 찬송일
리 없는. 시가, 고래 배 속에서도 고래 배 속을 내용
소재로 삼지 않고, 무덤에 비유하지 않고 보금자리로
낙착시키지 않고 제 몸의 뾰로통한 형식을 더
단련하여 지켜낸다, 고래 배 속을 고래 배 속으로.

인간의 풍경
— 미켈란젤로 만년

자식들의 비탄으로 아버지 비탄을 형상화하는
거룩에서 내가 조토를 따라잡을 수 없다.
거룩을 끝없이 육체로 맑고 새롭게 하는
르네상스에서 나의 르네상스 세대가
단테를 따라잡을 수 없다.
그 사실이 과거완료형이고 우리 세대는 이미
정신이 육체를 통해서만 번역되고,
완료되지 않는다. 자식들의 비탄으로 어머니
비탄을 형상화하는
추상에서 내가 교회를 능가할 수 없는 사실은
아마도 내가 죽을 때까지 현재형이고
번역되지도, 완료되지도 않는다.
내가 육체의 새로운 발견을 추구하지 않고
정신이 육체로써만 새로울 수 있는 새로운
사실을 평생 확인해왔다.
그것 없다면 모든 가계도가 창세 거대 담론
등장인물을 기나길게 축소한 미세 표절에
지나지 않는다.
세상이 표절이고 생몰년 숫자가 운명의

모습을 띠는 지경까지 왔다.
보는 육안의 새로움－형상화 없이 자연의
단독으로는 풍경이 있을 수 없고
나의 작품이 모종의 응축이기 전에 훗날
인간의 풍경이 나의 작품의 번역일 것 같은
경지에 이르렀지만 또한 지경까지 왔다.
어떤 표현 불가 때문에 바야흐로 뒤틀리기
시작하는 나의 형상이 표현 불가로 뒤틀린다.
이 발견을 추구하는 것이 나의
만년일밖에 없다.
불가능이 과거완료도 현재진행도 아니고
만년일밖에 없다.
어느 세대나 자신의 고유한 불가능 수준을
최대한 복잡화하는 식으로 높였다 생각하고
어느 후대나 선대가 철없어 보일 정도로
복잡화한 자신의 불가능 수준이 바로 선대
극복이라고 생각하는 일은 계속된다, 아마도
불가능의 가장 복잡한 수준인 죽음의
육체에 달할 때까지.

끝나는 것은 빈발하는 소소한 끝남들이 이어지고
쌓여서 결국 끝나는 끝남이 결국 끝나지 않는 것.
그 사실, 추상적인 마음의 눈이 육안보다
더 구체적으로 보는 그것을, 나보다 더
어리고 나보다 더 늦게 시작한 루터가
『성경』을 지방어로 번역하며 나보다 더 먼저
그리고 더 오래오래 알았을까?
나보다 더 난해하고 복잡한 불가능에
달했을 것은 분명하다.
그가 번역한 아들 이야기가 이어진다,
억압하는 편협한 아버지와 억압받는
아둔한 어머니를 내내 두고 보다
하필 세상이 성년보다 너무 앞섰기에
그런 역할이라도 다소 위안이 될 때 오히려
부모를 죽여 난해의 난해를 추구한
니체한테까지는 적어도.
방언이 좀 심한 편인 그도 반복의
희극으로 발랄한 21세기 언어 구사를
탐탁하게 여길 수 없을 것이다.

역사적으로 쌓인 엄숙과 경건의 형식 혹은
뉘앙스를 빼면 이해하기 쉽겠지만, 빼면 뻔한
것 말고 이해할 무슨 내용이 남겠나? 시시한
내용에 더 시시한 해설이 붙을밖에 없다.
응급실에서도 시시함이 기획되는 사태를
그가 책임질 리 없다. 하긴 돌이켜보면 고대
로마 문명의 번성을 보는 에트루리아인들의
심정이 벌써 그랬을 것이다.

국제 지방
— 전개

2천 년이나 된 역사의 지도가
움직이는데도 그런가 보다 싶고
시간의 역사를 짐작한 뒤에도
궁금증도 심심한 느낌인 것이
기적이라면 기적이다.
기적이었다면 기적이었고
기적이다, 우리 곁의, 우리 곁에 있는,
우리 곁인.
숨이 턱 막히는 눈앞
출현 없는 전개의.
요한, 태초의 말씀에서 묵시의
가시화까지 철저히
기적 대신 실패의
투철을 추구한 자,
눈에 안 보이는 전망에 달하는
유일한 방식이 보이는 전망의
철저한 실패를 보여주는 것인, 그것이
믿음인 믿음을 끝까지 실천한 자.
세속이 이만큼 번창했는데도 모두

보고 믿어서 벙어리이고 안 보고 안
믿어서 벙어리이고 안 보고 믿는 자들이
독재한다. 대천사들 이름이 있어 부르니
좀체 일이 줄지 않는다. 생애의 집필보다
아니 탄생의·뉴스보다 공관과 공저가 더 먼저
유행하는 좋았던 옛날이 계속된다. 죽은
아버지 헤롯이 역사상 가장 거대한 유대교
성전을 짓고 그 아들 헤롯들 가운데 하나가
세례요한을 죽이고 예수보다 더 오래 산다.
대략 여기까지가 2천 년 전 역사의 전개이다.
고대 로마제국이 병존하는. 왜냐하면 예수보다
오래 산 헤롯은 지금도 산다.

언어의 자궁
— 마리아 노년

복수만큼 무턱대고 시대착오적인 것이 없다.
우리 내외가 죄 없는 갓난아기를 데리고
서둘러 이집트로 도망친 까닭이 천 년 전
장자들을 모두 죽이고 떠나온 일의 복수,
그것이 너무나 지지부진 강요한 복습
말고는 없다. 확실히 여성에게 말은 불길한
월경보다 더 내적이고 기괴한 태몽보다 더
폐쇄적이고 의문의 죽음보다 더 구체적인
임신의 공포를 다스리느라 태어난 말이다.
응축으로 자신의 세를 불리는 공포를 말이
추상의 습관으로 희석한다. 견딜 만하게
일상화하고 혹시 내 것이 아닌 것처럼 낯설게
만든다. 그래서 나의 생애가 임신의 생애로
느껴지기도 하고 나의 말은 남편의 유용한
목수 연장과 근본이 다르게 견디는 말이다.
어린 아들에게 나의 숱한 꾸중이 결국 소용
없었고, 다 큰 아들의 짧은 고통과 죽음도 내
임신의 생애에 포함되었을 것. 아니면 어떤
여자가 도대체 자식의 지독한 단말마 고통을

앞세우고도 나처럼 노년을 맞을 수 있나,
내가 임신한 것이 바로 내 자식의 죽음인
느낌, 그가 죽은 것이 바로 출산인 느낌,
아니었다면?
내 아들의 부활이 내게 어불성설이고 또 하나,
견디는 말이다.
아들에 비해 얇은 십자가 고통이 너무 길기에
여성이 스스로 부활하고도 한 것을 모를 수
있지만 어느 쪽이든 상관이 없다. 알고 쓰는
것이 남성 언어이고 모르고 견디는 것이 여성
언어이다.
아직도 여생이 너무 길어 보인다.
그러니
'그러나'와 거룩 없는 언어의 자궁,
성처녀, 성모, 피에타라는 말
내가 죽고 나서도 오랫동안
내게서 가져간 나의 슬픔을
대대손손 위안으로 전할 것이다.
지혜가 구태의연하게 동쪽에서 오고

쓸데없이 말이 많아 화를 불렀지만
이집트로 피난 이후
누구의 임신도 『창세기』나
진화의 반복이 아니다.

광야의 절벽
—— 후배

어머니가 이야기로만 말할 때는 내가
그 밖으로 나와 광야에 섰다. 다이어트로
참회를 먹고 구호로 외치는 선배가 청춘이고
내가 광야 한가운데서 유혹이 바로 광야인
후배이다. 선배가 계몽으로 점점 더 자살의
피살에 가깝고 내가 문학으로 점점 더
피살의 자살에 가깝다.
나도 청년으로 광야에서 죽을 것이다. 다만
선배는 청년이 광야, 나는 광야가 청년이다.
간교한 계략에서 떼어낼 것이 간교, 부드러운
유혹에서 받아들일 것이 부드러움이다.
선배의 증거에서 딱딱함을 골라내는 식으로
나는 나를 입증하겠다.
명사에서 형용사가 딱딱하게 굳은 흔적을
지우는 식으로 나는 후배인 나의 후배를
그리겠다.
광야가 나의 왕국이다.
죽은 모든 선배가 할 만큼 한 것이라서
선배이고 죽은 선배이다.

모든 후배가 그보다 더 해야
후배이고 살아 있는 후배이다.
광야가 나의 후배이다.
죽었든 살았든 중요하지 않은 후배이다.
선배가 따르는 무리를 이끌고 후배인 나의
고립인 호수가 더 깊은 고립의 후배들을
받아들이는 고립의 기적이 내게 필요하다.
기적의 고립이 필요하다.
선배가 세상의 윤리이고 그것을 가장 친근한
서민 일상의 비유로, 제국의 정언을 식민지
백성 비유로 보충하다가 어언 선배의 선배가
되는 것이 후배인 내가 죽은 뒤 일이고 내가
어쩔 수 없고 나와 상관없는, 공익 근무이다.
옛날식 기적들이 내 이름으로 저질러지는
세속의 제도들까지 있을 것이나 그것은 모두
내 후배들 각각의 지상과 생애 일이다.
죽음에 무슨 서열이 있나?
나도 살아서 할 만큼 하고 지상에서 죽은
선배이고 싶다. 내가 그분의 아들인 것을

나야말로 어떻게 알겠나, 후배의 후배,
후대를 통하지 않고서? 내가 분명 가난한
남녀의 아들로 태어나 조금 덜 가난한 목수
도제로 자라서 십자가 죽음의 관혼상제를
치르는 처음부터 끝까지 나의 말이, 나의
사건 장소가 대도시를 뒤흔들 정도로 지방이고
방언이던 것이 하늘의 뜻이라면 뜻이다.
더군다나 지붕도 거처인 단칸 서민 생계의
특히 절약하는 여성 살림의 실내로 깊어지는
뜻 너머 노동의 들판 지나 자연의 비유를
벗은 우화 너머 광야의 그것이던 것이.
사람들이 나를 두려워하는 것을 내가 제일
싫어했지만 후배에게 처음부터 절벽인
나의 선배 사태를 내가 몰랐다고 할 수는
없는 것이 사실이다. 하지만 그보다 더한
사실은 후배의 절벽이 선배 아니라 후배
내면의, 성장보다 높이 자란, 내게 불가능한
절벽이기를 내가 바랬다.
요즈음 날마다 지겨운 치유 기적의 일과를

마치고 귀가하면 아버지, 가출했고 어머니,
틈만 나면 씨가 귀한 가문의 독자 운운,
끈질긴 결혼 권유이다. 더 지겨운 것은
팬들의 극성, 스토커와 어떻게 구분하지?
그 정도 서비스를 해주었으면 적어도
남은 생애 동안 남은 자기 생을 남은 자기가
챙겨야 하는 것 아닌가? 내가 이따금씩
헷갈린다. 오죽하면 불쌍한 돼지들이 헷갈린
나 때문에 헷갈려 떼로 죽었잖나. 내가
헷갈려 죽는단들 더 허망할까?
영생의 복이라니, 어처구니가 없다.
내가 복받기 위해 청년으로 죽지 않고
복받았으므로 청년으로 죽을 것이다. 그리고
그게 끝이라는 듯 로마 병사 허리에 찬 짧고
넓은 칼, 엄정과 위용과 단아의 삼박자가
절묘하다. 오랜 행군의 샌들에 박힌 쇠 징,
반질반질할 것. 기초를 튼튼히 다지지 않고
뭐 하나 제대로 하는 일 없이 유격의 요행만
꾀하는 먹튀도 식민지 잔재이다, 고질적이라

의외로 제대로인. 무슨 되도 않는, 증거 같지
않은 증거를 또, 내가 이 세상에 보여줄 나의
최종적이고 유일하고 진정한 증거가
최종적인 나의 최종적인 고통의 최종적인
죽음일 것인데?

구시가
―살로메

먼 옛날 메데이아 따위가 무슨
내 곁의 헤롯 따위가 무슨
공포의 사악?
삼촌이고 왕이고 계부이고 공처가인 그가
의붓딸인 나의 치명적인 아름다움에 치른
자신의 보상에 경악한다. 요한, 쓸데없이
뒤늦게 왕국 혼사에 왈가왈부하다가 잘린
피 흘리는, 헝클어진 검은 장발 사이 당신
백옥 얼굴이 어찌나 고운지 마치 당신
스스로 자른 듯하다. 궁정 호사 은쟁반에
담겨 내게 왔으나 당신이 온전한 신민이고
나의 황홀한 짝이다. 예수는 잊어. 그자는
끝까지 촌티를 벗을 수 없다. 가파른 당신이
예상보다 오래 살길래 좀 께름직했지만
예수가 예상보다 일찍 죽은 것이다. 그것이
대속 아냐? 지금 우리 둘, 제국으로 클 포부도
백성에게 베풀 기회도 없는 왕국의 비운에
참으로 걸맞은 대신이다. 너무 뒤늦어 이 한
장면만 남은, 영영 남고 싶은 그리스비극 같다.

정화하고 싶지 않다. 내가 두려워하는 것은
오직 하나, 당신이 입을 열 것 같다.
있을 수 없는 일이 있을 수 없을수록
반드시 있을 것 같은 예감이 지옥이다.
무슨 짓을 저질렀는지 내가 제일 잘 아는
차원을 당신하고만 공유하고 싶다.
명분 없이 간악한 어머니가 부른 구시가
참사를 내가 신도시 중심가, 화려가 아직
살기등등한 먹자골목 풍경으로 그만
응축하고 말았지만 지금도 요한, 내게
핑계가 없다. 당신이 세례자인 나의
비극을 내가 좋아서 감당하고 싶다.
요한, 요한, 당신이 단 한 번 순교이고
내가 지치지 않는 육체의
순교 이야기이다. 번역 너머 번역의
의미 이간질, 설치미술 너머 설치
비유 없이 불가능한.

인간 이상
── 착한 사마리아인

붕대는
상처를 감싸기 전에
아무리 깨끗해도 그전에
상처를 감싼 적 있는 것 같다.
그래도 깨끗한 것 같지 않고
그래서 깨끗한 것 같다.
붕대는
상처를 감싸고 난 후에
아무리 더러워도 깨끗한 것 같다.
더러운 얼룩이 묻어도 그런 것 같지 않고
더러운 얼룩이 상처보다 더
아파 보여서 그런 것 같다.
인간이 별것 아니지만 인간
이상以上이 있지 않고
인간이 별것 아니라서 인간
이상이 있지 않고
인간이 별것이기에 인간 이상인
인간 이상의 물질이 있다.
천국의 열쇠가 굳이 있어야 한다면

붕대가 바로 그것이다. 교회 반석 치유의
비유 너머 물질인. 구원이 굳이 있어야
한다면 당연히 지상의 교환일 수 없다.
의심이 어쩔 수 없이 요하는
변용도 여성의 여인도 어떤 때는
붕대의 비유
물질에 지나지 않는다.

물질 이상
── 성전 상인들

물건을 사고파는 천칭이 너무나 오래
사고파느라 스스로
골동에 근접하며 물건을 사고팔려고
있는 것 같지 않다. 심지어
무게를 달려고 있는 것 같지도 않다.
팔리려고 있지 않은 것은 말할 것도 없다.
법과 평등은 세속의 매개.
어떤
중심 같다.
세상의 중심을 잡는
무게 너머 세상의 중심 너머
중심이 무게 아니고
무게가 무게이게 하는 무게 이상의,
물질이 물질이게 하는 물질 이상인
소리 형용 같다.
더 자세히 더 오래 들여다보면
비로소 골동인 천칭이 비로소
제 혼자일 때 가장 근본적으로
흔늘리는 것 같다.

근본이 흔들리는 것 너머
근본이 흔들림인
위치 형용 같다.
인권은 세속의 결과.
손때 묻은 모종의 배신과
거짓말에서 시작되었을 것 같다.
그래야 했을 것 같다.

육체의 목격
― 키레네의 시몬

그가 죽은 것이 분명하다. 고대 로마
십자가 처형은 아슬아슬하게 사면되거나
도망칠 수 있는 형벌이 아니다. 숱하고
흔하지. 그래서 고통스럽지 않다는 것도
아니다. 누구든 그전에 상상할 수 없던
크기와 깊이의 고통을 고유한 자신의 것으로
여겨야만 견딜 수 있을 것. 견딜 수 있는 것이
죽을 수 있을 것. 예수교는 십자가 처형
상상력의 산물이다. 이물 아니고 물이物異.
다른 고통들에 결례가 될 수 있지만 그날
대낮을 어둠이 정말 덮쳤던 것 같다.
그의 숨이 끊어지는 순간 땅이 흔들리고
성전 장막이 찢어진 것 같기도. 더 중요하게
누구의 죽음도 죽음이 죽음한테 그랬을 것
같기도. 돈 좀 있는 추종자가 그의 시신을
버려진 무덤에 안치한 소문은 의심할 여지가
없지만 가장 평범해서 사실이 사실인 것 같고
너무 평범해서 누구의 생도 생이 생한테 그럴
것 같기도 하고 내가 나인 것이 믿어지지 않는다.

보다 무성하고 훨씬 더 빠르게 확산되는 부활
소문이 사실일 리 없는 사실이 믿어지지 않는다.
갈수록 놀랄 일이 놀라지 않을 일보다 더 많은
것이 세상의 부활이고 희망이다. 그게 나의
주장이고 교양이고 상식이다.
그가 그랬을 리 없다는 확신이 바로 그의
육체에서 비롯된다. 제자들이 그의 육체를
냄새 맡고 만졌다. 제자들 발을 씻긴 그의 발을
한 여인이 씻기고 제 머리카락으로 물기를
닦아냈다. 파격적이고 섹시한 이 행위를 누가
어떻게 꾸며낼 수있나? 육체만 할 수 있다.
육체만 '누구'이자 '어떻게'일 수 있다. 내가
강제와 우연으로(이것이 기적?) 십자가를 잠시
같이 져주며 접촉하고 거의 껴안았다, 고통과
도로의 피땀 범벅된 그의 파김치 육체를.
그가 어떻게 안 죽고 버틸 수 있나? 그의
육체의 죽음에 내가 그보다 더 가까이 갔고
육체의 난무하는 냄새 너무 진하여 지금도
그의 부활을 갈수록 먼 뜬소문으로 만드는

것 같다. 십자가 고통도 그 목적이고 수단인
것 같다. 내가 이방인인데도 그렇게 본 것
같지 않고 이방인인 내게 혹은 무언가 이방에
누군가 그렇게 보여준 것 같다. 이방이 바로
섭리이다. 왜냐면 내가 그의 육체를 목격하지
않았다. 동족이라서 볼 수 없고 동료라서 더욱,
믿음 때문에 더더욱 볼 수 없는, 영영 끝나는
육체의 목격을 그가 내게 온몸으로 전했다.
그것에 비하면 도마, 허튼 후일담의
제도에 지나지 않고 부활, 저기 알프스 정상
만년설을 보라는 말 이상도 이하도 아니다
그의 슬픔의 길이 정말 그 자신만의 고유한
슬픔의 길이었다고 이방인이 말하는 것이
그가 누구의 아들이든 신성모독은 아니다.
그와 사랑으로 살을 섞은 여인도, 있다면,
그의 육체의 목격을 겪고 제 살에 새겼다.
마리아 막달레나, 그를 육체가 타는 듯
사랑한 까닭에 그와 육체가 타는 사랑을
나눌 수 없었다. 그녀는 그의 무덤 속, 차갑다.

남겨진 아마포 수의 조각이 사라진 그의
시신을 한 번 더, 보다 구체적으로도 사라지게 한다.
경악과 공포가 자칫 사랑을 압도하고
말살한다. 그리고, 그러므로, 사랑하는 사내의
부활을 믿을밖에 없는 여인에게 마땅히
사랑하는 사내의 부활이 있다. 그녀 등 뒤에
가까이 이제는 정체 없는 그
육체의 목격으로 있다.

고전적
— 선배, Who's Who

유대인 박해의 생을 개과천선한 유대인이고
모든 길이 로마로 통하는 제국의 시민권자인
내게 희망을 심화하는 절망 운운은 사치이다.
그냥 선으로 박해를 견뎌온 역사를 처음부터
다시 견디는 답습은 거의 재범에 해당하지.
미래 전망 없는 개과천선이 무슨 개과천선,
개과천선 없는 미래 전망이 무슨 미래 전망?
자유 통행권 들고 제국 도로를 돌아다니는 그
그물망을 세계 개과천선의 얼개로 삼는 것이
애당초 내 개과천선의 과제이자 전망이었다.
그것이 나의 믿음이고 보람이고 행복이었다.
내딛는 걸음보다 앞으로 죽죽 뻗는 로마제국
대로를 걷는 희망이 포괄하는 다민족 구성이
바벨탑 파멸 이후를 극복할 수준이다. 폐기된
신화로 신화보다 더 낡아버린 그리스, 지방이
보인다. 하늘이 스스로 돕는 자를 돕기는커녕
구시대 은총보다 더 이전 수준이라, 제국의
앞서가는 평범의 후광에 훨씬 못 미친다. 오래된
도처 유대 회당들이 당분간 도저 그물망인데.

고전이 무엇보다 미래로 향하는 고전이다.
조직이 미래의 반석이지. 믿을 만하기 위하여
좀더 사소해야 할 때로 끝나지 않는다. 믿을
만할 수만 있다면 아무리 사소해도 좋을 때가
온다. 나보다 훨씬 더 무거운 순정이 방향을
능가해버린, 내가 외경하는 나의 후배 베드로
반석의 정주를 위해 내가 평생 살았고 평생
싸돌아다녔다. 어린 요한, 너는 끝까지 너무
총애를 받았구나. 내가 한 2년 시청 관리한테
어영부영 가택 연금 당하여 서찰이나 보내는
둥 마는 둥 하다가 순교도 없이 그냥 실종되어
사람들이 찾지도 않는 것부터 비로소 미래
묵시의 가시화가 가능해지기 시작한다.

시사
── 요셉 2

아내가 갑상선 수술해야 하고 집안에 처음인
일에 놀라 대전서 제 남편 옆에 달고 서둘러
들이닥친 며늘애, 화장 안 짙고 연노랑으로
두른 만삭이 성장한 클레오파트라 같다. 그
여왕께서 시아비한테, 나, 이뻐요? 물을 리
없지만 벌써 애 낳고 나면 엘리자베스 테일러
부러울 것 없을 미모이다. 부쩍 삐그덕거리는
엘리베이터가 그예 중간에 섰다. 있는 식구들
다 탔는데 완전 교체를 주민 대표들이 논의 중.
설마 그전에 사고가 없어야 마땅할 것이지만
그 마땅함, 뭔가 논리가 안 맞지 않나? 하기는
불안이 생을 먹여 살리는 살림이다. 프랑스는
소프트한 테러가 왜 그리 잦지? 이번에는
니스 해변 혁명 기념 불꽃놀이 끝 몰려나온
인파를 난사하며 트럭 몰고 지그재그로 장장
2킬로미터를 깔아뭉갰다. 개인 짓이다, 백에
가까운 목숨이 각각 하나의 온전하고 유일한
세계이다가, 끊겼다. 산 자들의 애도가 언제나
산 자들을 위한 애도이고 무엇을 애도할지

헷갈리는 것을 더 애도해야 한다.

프랑스 삼색기 삼색을 나란한 세 개 산으로,
피 냄새 안 날 때까지 예쁘장하게 재배치
한 것이 인권연대 로고이다
모차르트 재림으로 칭송받다가 파시스트로
종전의 만년을 보낸 리하르트 슈트라우스
에디션을 듣고 있다. 군데군데 그가 바흐
베토벤 브람스 3B를 흠모하다 못해 베낀
흔적이 들린다. 열렬한 대중 감동과 흥분의
음악에 그가 실려 가는 것이 보인다. 이래
저래 실내에 시사가 묻어난다.
아내와 며늘애 먼저 들여보내고 오랜만
부자 술자리 대화는 여유 있는 아내 이해
말고도 아내의 사랑의, 억압을, 그런 것이
있다면, 의존으로 어여삐 여기는 것에 대해.

정착
— 카인

하동관 곰탕은 국밥이지만 특대가 한 그릇에
2만 5천 원, 서민이 먹을 수 없는 특대이고,
문을 연 1939년부터 지금까지 여러 분점
내며 성업 중이다. 논리에 맞지 않는 마땅함이
모순으로 성장하는 것이 정착이다. 이런 국물
맛을 내려고 부위별 살과 내장 들을 왕후장상
및 부잣집 주방장들이 무수히 섞어보았을 게
그것이 담긴 놋쇠 사발만큼이나 정격적으로
분명하다.
물고기가 아무리 지방마다 별미라도 결국
해산물이고 고기는 육고기가 진짜 고기이고
그중에서도 소고기가 최상인 무슨 음식
기행의 중앙 집중 같기도 하다.
용산 전자상가를 지나며
그리운, 불쌍한 아버지
그리고 아버지의 아버지.
청계천 세운상가, 굉장했었다. 국내 최초 주상
복합건물이고 당대 최고 여배우 정윤희 살고
종합 가전제품 시대 오래가다가 쇠락의 길로

접어들며 왕년의 윤락 업소 전통을 되살린
음란 테이프와 도청 장치 판매로 버텼다.
지금도 버티고 있을 것이다.
역시 주상복합이고 1층이 자동차 도로이고
4층에 허리우드(현재 허리우드클래식)가 있는 낙원
상가도 질기다. 통금 해제된 유흥업과 더불어
번창했던 악사 인력시장 기능이 노래방 기기
보급으로 거의 사라진 한참 뒤에도 변함없이
낙원상가는 재래식 악기 시장이다.
세운상가를 쇠락시키며 더 거대한 부지와 더
원대한 전망으로 시작한 용산 전자상가도
인접한 철도 정비창이 옮겨간 56만 평 대지에
상가가 증축되고 벤처기업 단지 및 컨벤션
센터가 입주를 앞두고 있는데도 상가 전망이
벌써 어둡고 더 어두울 예정이다.
컴퓨터 공학의 인터넷 세계 전망이 너무 밝아
더 어둡고 갈수록 더 어두울 것 같다. 수공의
조립 컴퓨터 시대가 간 것보다 더 근본적으로
용산 전자상가가 가장 먼저 빠르게 시대에

뒤떨어지는 오프라인이다, 온라인에 가장
가까운. 그리운, 불쌍한 아버지. 오늘 하동관
곰탕이 당신의 살아생전 미식 수준을 넘고,
의식주 말고는 오늘날 인터넷 개인의 방과
방 사이가 편재이다. 그리운, 불쌍한 아버지.
그리고 아버지의 아버지.
내가 쫓겨난 것이 태초 아니었다.
집 바깥 세상에 벌써 낯선 사람들이
우글우글했다.
유목이 정착한 수세식 화장실에서
씻은 손을 또 씻는 사람들이 뒤늦게
흘러 들어와 흘러 나간 지 오래이고
부르던 그들이 아직도 부르는
「The House of the Rising Sun」이 팝송 명곡이다.
장남인 내가 몰고 옆 좌석에 아내와 뒷좌석에
아버지 불쌍한 나의 아버지와 어머니가 탄
자가용이 잠두봉 지하 차도로 들어서는 것이
죽은 동생의 무엇이 정의인가? 질문 같다.
죽은 동생이 질문하는 것 같지 않고

죽은 동생의 질문 같다.
죽은 동생인 질문 같다.

백년해로 골목
— 알파에서 오메가

사랑을 두고 죽은 사람은 죽은 줄도 모르고
평안하다. 오로지 사랑을 잃고 살아 있는
견딜 수 없는 생이 죽음으로 사랑을 완성하는
이야기를 증폭하는 식으로 믿지만 그렇지
않은 우리가 그것에서 자생한 언어의 세계를
믿음으로도 전유할 수 없기에 다시 이야기가
태어난다.
이야기가 형식인 것을 아는 데 걸린 시간이
어찌나 짧은지 우리가 지금 동시적으로
느끼는 것 또한 하나의 이야기이지만 더욱
중요한 것은 새로운 이야기가 새로운 형식인
것을 아는데 우리가 너무 오래 걸린 이야기이다,
그래서 방금이 방금이고 오늘이 오늘이던
것일 수 있는. 심오한 것은 너무 오래되어
새로울 수 없기에 심오하다. 자비와 선행이
그 땜질 용도였을 수 있다. 전언으로 오해된,
오해한, 집단이 오늘날 기적이다. 오그라든
분리가 유일한 맥락인 상실이 상실을 정화할
밖에 없다. 구원을 바라는 순간 구원이 거래에

지나지 않는다. 불가능한 거래이다. 경계하지
않고 바라지도 않으며 게으르지 않을 능력이
있기를. 잠을 줄이는 생이기를. 차라리 우리가
상실의 원천이기를. 영원히 그렇지는 않기를.
들리기를, 저 팔레스타인이 그 가나안이고
우리 동네 편의점인 것이. 왜냐면 절망이
아니다. 들리지 않는 절규가 희망에 무한히
가깝다. 국회방송이 실황중계하는 제헌절
행사이다. 국회 실내이고 뮤지컬 배우 남녀와
초등학생 합창단 소년 소녀 들 선창, 깨끗하고
단정한 축사가 백미이다. 아직 알파도 끝나지
않았는데 희망이 너무 빨리 오는 희망뿐이고
절규가 너무 일찍 끝나는 절규뿐인 것이 늘
문제이다. 생의 마지막에 절규가 끝나고 생애
보다 긴 희망의 시간이 바로 희망인지 모른다.
그래서 희망이고 그래야 희망인지. 알파가 안
끝났고 생이 벌써 죽은 사랑의 부재로 충만한
슬픔의 춤이다. 고전이라는 얼룩 혹은 향신료,
미래를 향한, 정결보다 흔들려 더 정결해지는,

흔들리는 현실을 뒤흔드는 현실의 진리. 생이
비유하는 무게가 언어의 세계를 폐쇄하지
않는 불가사의의, 분류 아니라 물화.
뜨거운 물에 비누로 아무리 씻어도 아들이
놓고 간 다 쓴 포마드 유리병 포마드 냄새가
지워지지 않는다. 유리 표면 아니라 유리 속
아니라 그 투명에서 지워지지 않는다. 아들
냄새는 이보다 훨씬 더 집중적이어야겠지.
혹시 죽은 사람 누가 죽고 보니 죽었기에
죽었다고 소식 전하는 것과 같이, 아련할수록
향긋하다. 죽은 나의 옛날이 이제 밝다.
정말로 좋은 사이는 같이 죽을 준비를 조금씩
사이좋게 해나가는 사이 아니다, 조금씩
사이좋게 죽어가는 사이이다. 백년해로가
그렇게 음미된다. 세속의 흡연 구역이 갈수록
늘어나는 걱정 하나쯤 흔쾌히 달고 다니는
백년해로가 골목이다. 죄가 죄를 낳지 않고
법전의 그 숱한 경범죄들이 낳는다. 그것을
모두 까먹은 치매 골목이다. 왜냐면 가짓수가

늘수록 악이 구체적이고, 관심 덜 받을수록
선이 유일하고 추상적으로 되지 않나? 오래
전부터 헌책방에서 찾던 귀한 책을 발견한
것처럼 마루 서재에서 오래전부터 있던
책을 끄집어내는 단계에 나는 와 있다.

아랫것들 박해
— 빌라도

모두 잘 먹고 잘 산다면 정치가 무슨 소용?
도시 인구밀도가 벌집인데 방글라데시
농업이 열악하다.
이보와 고원이 아프리카 신화나 전설 속
두 절친 이름 같지 않나?
아니다. 앙숙인 두 종족 대표자 이름이고
둘 사이 비아프라전쟁으로 죽은 백만이
그 옛 선진국 전체 인구보다 더 많은 수일
수 있다. 아니라도 나라 전체의 옆구리가
나라보다 더 크게 터지기는 터졌을 것이다.
종족 말살 전쟁이라는 말이 유행한 이래
최악의 최악이 얼마든지 발생하지만
재미가 없다. 소재 무진장한데 줄거리가 좀체
늘지 않는다. 그래서 내가 잔혹하다고?
나는 이런 말 하는 내가 지겹다.
죽고 죽이는 일 하도 많아 로마가 저지르고
당하는 피아 구분이 없고 아픔의 공감력도
무너지고 마냥 슬퍼하기에는 뭔가 찜찜한
박해가 그냥 있다.

중앙아프리카에 프랑스 대위 출신인데 프랑스 비호로
대통령에 올라 매년 국가 예산의 1/3을 착복했으나 그
일 아니라 초등학생 겨우 백 명을 학살한 일로 프랑스군
주도 쿠데타에 실각, 해외 도피 중 두 차례 사형선고를
받고 결국 귀국하면서 무기징역으로 감형된 짜증나게 긴
이야기를 뒤늦게 듣는다.

정치라는 것이 스스로 박해당한다 여기며
피아 구분 없는 박해를 요하는 것 같다.
여기에 양차 세계대전의 로마제국들이 없다.
종족만 있다. 총독인 내 위에 억압이 밑에
박해가 있다. 감상에 젖어 그를 살려주라는
마누라가 곁에 있고 죽이라고 외치는 우중이
밑에 있다. 내가 민주주의자이고 나도 일종의
피해자이다. 내게도 양차 세계대전의 로마
제국들이 없다.
정치가로서 손을 씻은 내가 군중과 똑같이
바랐다, 주고받으며 변변치 않은 방식으로
먹고사는, 죽음에 엄숙이 없는 내시 정치가
연명하는 박해를.

스탈린 곁에 베리야, 음모만 있고 그 흔한
고문 장면 하나 없는, 징후적인, 더 심각한
우울이 더 집단적인, 더 현대적인 비극의
주인공 아니고 등장 아니고 퇴장 인물인
그 자가 산혜드린 의장 가야바이다. 카스트로
성공한 혁명의 실패와 루뭄바 건국의 피살
따위는 기적과 비극의 모독에 미달하는
장난에 불과하다.
아랫것들 자체가 박해이지. 작전 실패가
하는 일 대부분인 CIA가 하나 마나 한 좋은 말로
제 무능을 입증하는 UN보다 한 수 위이다.

그 후를 뒤돌아보다
—스데반

자살 폭탄 테러 속보 뉴스 진행자 의도가
테러리스트와 다를 게 없어 삽시간에
강성하게 잘려 나간 팔다리가 강성하게
피 흘리는 트로이전쟁 현장을 안방에다
옮겨놓는다. 둘 다 시대착오적. 현장의
정수를 만끽하고 테러리스트가 죽자 죽지
않은 뉴스 진행자가 현장을 몇 번이고 더
연출한다. 요란 굉장을 떨어도 연기자인
그의 실감이 허당인 대신 그가 누리는 것이
죽어간 테러리스트가 죽음으로도 몰랐을,
육체가 확 젊어진 세계이다. 다행히 테러의
목적, 복수 및 위협과 어긋난, 뉴스 진행자가
의도한 바 전혀 없는 세계이다. 현장과 근처,
경악과 안도와 애도가 눈물을 흘리며 자신도
모르게 젊어진 세계가, 반성하지 않고
참회하지 않지만 테러에 명분을 준 자신의
이전으로 돌아갈 생각이 전혀 없다. 죽은
테러리스트, 기구하다. 제 주장에도 불구하고
본의가 아니던 쪽으로 순교자이다. 최초로

기록된 나의 순교, 많이 서툴렀고, 무엇보다
내가 원하거나 향하지 않았고 군중이 던진
돌에 맞아 죽은 나의 사태 및 비슷한 일련의
사건들이 쌓여 순교의 개념을 확립했다.
순교가 공적 자살의 전술 너머 전략이다.
죽음 이후 커다란 보상을 믿는 믿음의 남는
장사이니 될 수 있는 대로 막강한 지상 권력을
골라야 한다.
물론 시대가 바뀌고 보상을 거의 믿지 않고
순교도 시대착오가 바로 테러이다. 그런데
시대를 초월하여 처음부터 그렇지 않았나,
누구나, 더 어이없이 세상을 젊게 한 희생자
들은 물론 불운한 테러리스트들도, 죽음
아니라 죽음에 이르는 생이 유일한 순교
아니었나, 누구나 자신이 자신의 생의 첫
순교자인 사실이?
꿈, 눈동자 속 3인.
그 속에 더 작고 하찮은, 혹시 더 가련한 3인.
십자의 교차, 그 속에 혹시 더 사연 많은 3인,

만남의 교차.
도형이 군중 속으로 사라지며 집단이 고유한
개인들의 생애인 연민
덩어리를 형상화한다.
흐르는 물소리가 쇳소리인 이명
안팎으로 가장 단정한 책
에든버러, 다 살아본 지도가
손금이다, 디자인이 내용을
형상화하는.
거꾸로가 아니다. 내가 돌에 맞아 죽었고
사라졌다. 그러면 안 되는데 그때 내가
나도 모르게 연민이었다.
트라키아 사는 오르페우스, 짐승의 육체에
너무 가까우면 음악의 도형도 잡아먹는
짐승한테 잡아먹히고, 갈기갈기 찢길밖에 없다.
포식 동물의 포식 없는
에덴동산에 연민이 없다.
현재 시간이 이제까지 가장 완벽한 순서이다.

문병
— 아이들

삼성의료원
본관이 온갖 질병을 다 끄집어내어
화려 웅장하게 건설한 별도의 세계 같다.
그게 좀 께름칙했는지 따로 세운
별관도 소용없다. 이쯤 되면 환자와 환자
가족들 표정, 당당할 수 있지. 금연 구역
표시 있으면 담배 피우는 사람 하나 없고
숲속에 숲이 숲을 도외시하는 듯한
외지고 좁은 흡연 구역도 붐비지 않는
진료의 미래 천년 왕국이다.
5인실 아주 쾌적하고 조용하다.
의사들 권위 있고 자상하고 간호사들
상냥하고 사무 베테랑이다.
수술 환자와 환자 가족의 태산 같은
걱정보다 더 많은 경우의수를 끄집어 시시콜콜
설명으로 안심시키듯 의술 무오류 보험
서류를 작성하고 나가면 5인실 더 조용하다.
칸막이 바로 옆 침대 휴대폰 통화 소리, 너무
크고 가깝다. 늘 지니지만 늘 잊고 지내던

혈압 소리 같고 문제 같다.

아내 벗은 몸의 희끗희끗한 음모.

목 바로 아래 피 묻은 수술 자국 날 자리.

환자복 초록, 아내의 수박색 얼굴 표정의

살이 투명한 어여쁜 아이의.

아내가 병원 밥, 내가 으리으리한 구내식당

통오징어짬뽕 먹으니 간호도 간병도 아니다.

그냥 문병이다. 늙은 평계로 아내 병상의

밤을 함께 보내지 않으면 더욱. 오늘도 아내

문병 간다.

근면 고도
— 베드로

당산역 급행 전철 출근 지옥이 그다음 국회
의사당역에서 풀린다, 언제 그랬냐는 듯이.
국회 덕분에 나라가 잘 돌아가는 것과 사뭇
다른 이야기이다. 내가 출퇴근한 적도 없고.
밀턴, 아무리 눈먼 사내의 초탈일망정, 그리
거창하게 괴팍할 것은 없었다. 발 디딜 틈
없는 지하철에서 당신 책을 굳이 펼치고 읽는
내가 더 괴팍해 보이지만 결국 당신 탓이고,
『실낙원』줄거리가 결국 초판 표지 아홉 종에
얽힌 인쇄-출판사史보다 덜 흥미롭고, 당신
과부의 저작권 계약 일화보다 덜 구체적인
시대, 내용 없는 근면이 상투적인 교양인
출근 지옥 세상이 도래한 지 오래이다.
낭만이 처음부터, 낭만주의가 당대 전부터
있었고 앞으로도 있을 것을 아는 당신이나
나나 선구라는 말 부질없고 체질에 맞지
않는다. 교양의 속물들이 교양을 구구단으로
전락시키는 이 교양의 실낙원에서 당신과
나의 서투른 강직의 명분이 있어 보이지만

우리가 정말 강직한 거 맞나, 그냥 서투른
먹고살기 아닌가? 파피용 떠난 고도에서
홀로 사는 방법이 근면이다. 잘 사는 방법은
아니다. 살아남는 방법도 아니다. 훗날의
노스트라다무스 아니라 전날의 에브리맨,
별도로 구빨치 소리를 들으면서, 앞장설 일
생기면 똥차 아니라 앰뷸런스로 앞서가면서.

지각

—티레시아스

셉투어진트는 갈릴리에서도 한물간 그리스어이다.
신화와 문명, 그리고 최근 역사까지 시든 언어이지.
더위가 꼼짝도 않고 맹렬한 사막 아니라도
살인이 아주 오랫동안, 아주 하찮은 수준에서
벌어지는 느낌, 그래서 구약을 오히려 살리는
언어이다. 시작이 훨씬 더 하찮은 한 갈릴리
사내의 피살로 시작되는, 비천이 거룩한 육체의
역사를 번역하는 데 안성맞춤이고 그리스
영광 아니라 잔존인.
그리스신화로 신약을 번역한 『복낙원』이 더
훗날 마냥 비슷한 음모와 응징으로 안방
극장을 수놓을 TV 궁중 사극과 같을 것이
안 보이는 내 눈에 벌써 보인다. 메시아가 신화의
과거에 등장하는 것부터 치명적이었다. 사소한
살인이 운수 좋은 날도 아니고 사소한 행복으로 우선
버텨야 할 일이다. 예수 할례라니, 새 육체가 헌 육체,
짐승 이브의, 치명적인 매력의 등장에 애당초
못 미친다고? 아무 일도 없던 것처럼 정돈된
빈 병상이 떠난 자는 물론 오는 자한테도 질병의

구원이다. 1906년 개교한 모교가 다른 사학

명문들과 마찬가지로 강남으로 이사한 소문보다

더 놀랍게 정말 일원로 길가에 있다.

아주 좁아진 것이 조금 믿을 만하다. 현대식으로

경사진 유리 건물 바로 앞 정문 바로 옆 커다란 돌에

일제 1941년 양주동이『삼천리』에 발표한 어머니날

행사 곡 가사가 마지막 3절까지 빈틈없이 새겨져 정문
보다

더 비중 있게 있다. 세상에 유쾌하게 믿을 수 없는 일
들이

쎄고 쎘다. 물리가 무리無理이고 우리가 각자

살아 있는 것이 순간순간 무한 경우의수 세계들이

사라지고 남은 세계의 가까스로 연속이라는

물리학자의 주장이 오히려 너무 뻔하게 들린다.

사실일 리 없지만 살아 있는 것만 사실인 것도

사실이고 그 주장이 사실이라면 내가 죽고 없는

무한 경우의수 세계들에서 나의 죽음을 슬퍼할 것을

내가 어떻게 견디나?

중동중학교도 있다. 그렇겠지. 강남으로 이사 간

나의 모교를 앞으로도 우연히는 모를까 일부러
찾지는 않을 것 같다. 무리를 없애보려고 언어가
가장 낮은 자리에서 시작하고 갈수록 더 낮은
자리를 잡는다. 생보다 더 툭하면 끊어질 것 같지만
어림없지. 생은 거울이, 파경이라도 필요하지 않나?
하양의 우둘투둘이 비로소 용서가 된다. 숱한 전철
중간 역들 이름이 환해진다. 하필 아내가 퇴원하는 날
지각했다. 어쩐지 그럴 것 같았다. 퇴원보다
더 늦을 수는 없는 것이 사소한 다행.
기다렸을 테니 그렇게 말할 것도 아니지만.

설거지
— 순교 소문

한 줌보다 작아진 양말 빨래를 조몰락거리며
식구들의 손발은 물론 얼굴과 기타 등등을
구석구석 새롭게 세세 정성스럽게 매만지는
느낌이 있다. 죽지 않은 기타 등등이 무슨
죄도 아닌데 살림이 사면이고 식구보다
정다운 정규직이다.
빨래는 세탁기가 빠는 빨래보다, 너는 게
예술이자 아무리 깨끗하게 빨아도 빨래에서
나는 빨래 냄새를 없애는 일. 남향의 실내 베란다에
골고루 햇볕과 솔바람 받는 배열 마치고
너무 넓어 옥상 빨랫줄에 한껏 펼쳐놓은
홑이불이, 솔바람 아니었나, 바람 받는 제
전면의 몸을 휘둥글린다. 위태롭다, 바람의
몸, 아내, 이렇게도 사랑이 시작된다. 뙤약볕,
이리 고마운 것 생전 처음이다. 아내가 쾌차했고
죽은 누군가가 죽었을 테고 생전 처음의 빨래
널기는 생전 처음의 아내 요양 때문이지만
누군가의 죽음 이후라서이기도 하다.
이런 설거지로도 씻겨 나가는 대도시

댄디즘이 있다. 결코 우화일 수 없는 순교
소문이 있다. 옥상 홑이불이 뽀송뽀송할수록
나의 고유가 오로지 내가 받은 요란 굉장한
영향들의 고요 배열이라는 느낌. 봉헌이다.
춤이다, 개인의 추상명사, 볼레로.

뒤표지 글
— 원로

이름이 실핏줄로 사라져도 괜찮을 정도로
세세하고 넓게 그리고 속속들이 퍼져서
이름 아니라 퍼짐이 동맥으로 재등장할 때가
있다. 사람들이 몰라서 아니다. 너무 흔해서
아니다. 실핏줄이 처음의 갱신 너머 실핏줄의
노년을 마다하지 않을 때이다. 성욕의 과도로
발현된, 멀수록 질이 떨어지는 옛날이 있었다.
뒤표지 글, 지금을 지금이게 하는 동시에 옛날과
정반대이게 하는 기적.

오늘 밤
— 아벨

나의 시체를 찾은 얘기 듣지 못했으니
나의 피살이 죽음의 실종이고 나의 대가
끊기지 않고 완성되었다. 일세를 풍미한
고인들이 사실은 요새 사람인 확인이
갈수록 늘고 확인마다 슬픔이 는다. 사실은
수없이 홀로 남은 오늘 밤, 그 소리가 내게
숱하게 있었다. 셀 수 없으나 하나하나 다른
기회로 안타까운 '오늘 밤', 내 몸을 이루고
넘치는 그 소리들 있었다. 내 소리가 절규
아니다. 첫눈에 반한 오늘 밤의 환락가
비슷하다, 내 소리. 섹스 한번 해보지 않고
피살이 가능한 나이에 이른 누구나 누구보다
더 오래 살고 누구보다 더 너무 오래 살았다.

아가雅歌
── 불륜

생명의 너무나 자연스러운 스킨십과 키스의
차이를 모른다. 키스한다, 키스인 줄 모르고
섹스한다, 섹스인 줄 모르고. 임신하고 아이
낳는다, 모르고. 세파를 겪고 참사를 당한다,
당하는 줄 모르고. 장차 아이가 또한 그렇게
이어지는 행복이 죽음보다 행복하지만 수치
상 '조금 더'에 불과하다. 참으로 아슬아슬한
짐승과 사람 사이 꿀맛인 사랑이 무한 영원
강해지고 싶지만 꿀맛의 비유조차 능가하지
못한다. 죽음보다 먼저 헤퍼지고, 짐승을 너무
오래 부러워하기 전에 진부한 위로처럼 오는
임종이 일체의 '조금 더'를 말살하기 전에
사랑이 제 불륜으로 불탄다.
아가, 세상이 사랑을 인용하지 않는다.
사랑이 세상을 인용한다. 그렇게 말하는 순간
모든 것이 그렇다. 시간이 아이들의 장난감
시계일 수 있다. 몸으로 하는 모든 장르에서
서툰 몸이 한 수 위일 수 있다.

신고전, 그 후
─ 로마 병사 하나

비극의 시대가 완전히 갔다.
이런저런 이유로 처형당한 주검들이
지천인 이 동산에서 죽음이 볼썽사나운
수준을 훨씬 지나 귀찮은 일과의 귀찮지 않은
습관에 지나지 않고 이 구역을 벗어나면 곧장
엔터테이너 시대이다.
스승을 밀고하여 십자가 처형으로 내몬 자책에
타 구역 나무에 목을 매다니 비극의
막장도 그런 막장이 없다.
스스로 망가지는 예능의 신을 믿으라면
무조건 믿겠다. 예능인은 평소에 웃는 것이
웃는 것이 아니다. 하품이나 한숨, 한탄조차
웃음으로 대신할밖에 없다. 직업의 철칙이지.
직업병, 옛날 얘기이고 후유증, 거의 로망에
가깝다. 광대가 배신한 아내를 죽인 것이
언제 얘기이지? 아비규환을 웃는 세상을
유식 떠는, 유식 웃는 자들이 신고전적이라
부른다. 그런데 그래서 오디션 받는 일을
내가 그만두었나?

대중 인기가 로마 정치권력과 야합도 하는
우여곡절 끝에 그것보다 더 덩치 커지고 더
중앙 집중적으로 되었다. 이것도 좀체 끝나지
않을 이야기이고 이것은 왠지 그놈의 선생
일임에도 불구하고 꺼림칙하지 않다. 먼 훗날
이야기가 터무니없이 뒤늦은 느낌이 들 리
없다. 하지만 오디션 받는 일을 내가 그만두지
않았으니 그것도 두고 볼 일. 병영 생활의
단조가 더 단조로울 전쟁의 준비이고 덜
단조로운 생활보다 더, 그 후가 늘 그 후의
그 후라서 그 후이고 아직 안 나온 이야기가
끊어지지 않는 이야기이다.

대처
── 조는 아이

신토불이? 그건 인간이 흙으로 돌아간다는
당연한 상식이지 관광이나 음식 유통 사업
구호로는 말이 안된다. 배고플 때 먹던
기억에서 가난의 맥락이 사라지고 맛만 남은
것이지. 더 먼 옛날의, 바다가 갈라졌다는
소리와도 같다. 험한 세파를 버텨냈다고
자부하는 노인네들이 난데없이 겸손을 떠는
소리. 설마 사람이 물고기가 아니라는 심오한
농담이겠나? 두 눈에 새기듯 보려고 내가
나뭇가지에 오른 그 구세주 사내, 나귀 탄
입성이 시끄러운 만큼 촌스럽더니, 구세주라
그랬는지, 촌스러워 그랬는지, 둘 다였는지
사이비 교주 행세 죄로 십자가에 못 박혀
죽었다. 그 일의 침소봉대 또한 구세주의
그 후인지 촌스러운 그 후인지 둘 다인지
모르고 그래서 내가 갈수록 설득당한다.
왜냐하면 그의 설교가, 촌에서 온 것이
미래에서 온 것 같고 나더러 대처에서 대처를
떠나지 말고 대처의 깊이를 파라는 소리 같고

그렇지 않아도 내가 그럴 참이었다.

시골의 낙후, 그냥 낡고 좁은 것이 아니다.

낡을수록 좁아지는 것이다. 동네 결혼식은

건강하지만 짝퉁 미래이고 대처는 여기서

불안하고 위험하고 사악할수록 달콤하다.

거대한, 집어삼킬수록 참을 수 없는 유혹이고

매혹이다. 딱 한 번 사는 인간 육체가 이루고

누리는 최대 최고치가 여기 있지 않나?

졸음은 나의 대처가 나의 미래보다 훨씬 더

심각한 미래의 비유 같다. 빠진 것들이 미래의

중요한 구성인 상태가 메시아일 수 있을까,

어쨌든 메시아가 인간일 수는 없지 않나?

졸음이 묵상 중인 그 어드메쯤에서 비유가

메시아보다 더 중요할 것 같다. 메시아도

신토불이고 빠진 것이 희망을 드러내는 가장

손쉬운 비유이지만 비유가 손쉬운 비유도

손쉬운 비유에 머무르지 않는 경향으로

비유이다. 지금 빠진 것이 바탕이고, 이 말이

곧장 항상 빠진 것이 바탕이라는 말로 된다.

대문자 신이 죽고 신학이 전보다 더 중요하다.
아마도 그가 워낙 거창한, 눈에 빤히 보이던
처음의 광경으로 개개게 될 게으른 철 밥통
평생이 지겨워서 서둘러 죽었다. 나의 생애
시작 미약하고 내가 한 일 가운데 뜻밖으로
한 일들이 가장 많고 가장 즐거운 다행으로
끝나기를. 보람은 언제나 나중의 나중 일이다.

음악의 생애
— 남은 자들

제임스 조이스 마지막 소설 『피네간 가의
초상집 밤샘』은 줄거리와 의미가 없고
줄거리의 의미가 없다,기보다는 줄거리가
의미를, 의미가 줄거리를 정색도 없이 줄곧
거부하고 빽빽한 펭귄북스 페이퍼백 6백 쪽을
가벼이 넘기는 분량이다. 놀랄 것은 없다.
누구나 생애보다 초상이 애도 하나 없이 더
길다. 음악이 위로 아니라 애도였다. 모든
생명이 사라지고 난 후에도 이어질 것 같은
음악의 생애가 더 먹먹하다. 부패하는 시체
대신 언어 한탄을 깔아뭉개서라도 기어이
제 끝까지 이어질 음악, 일체의 풍경 없는
시신의 생애가.

코털

— 개그콘서트

늙어도 계속 콧구멍 밖으로 자라 나오는
코털은 진화 과학이 아직 풀지 못한 미스터리
가운데 하나이다.
미스터리가 지저분한 경지에 이른
여부는 신학의 미학에서 다룰 일일 것.
바이러스의 뇌 침투를 코털이 막는다니
바이러스가 직진만 알고 좌회전 우회전을
모르는 것의 발견은 사회과학적 응용이
가능한 위대한 것일 수 있다. 하지만
가장 오래 자라 길고 허옇게 센 코털이 가장
음흉하고 교활하게 구멍 속으로 숨어들기에
가장 먼저 뽑힐 놈이 가장 늦게 뽑히는 것은
불결하지만 코털 자신의 심리학적 진화의
일대 쾌거이다.
고마운 반면교사이기도 하다. 충격적인,
엄청난, 기어이 뽑아내면서 내가 받고 결국
뽑히며 코털이 주는, 인간 노년의 정신이
적어도 코털보다는 나아야 한다는, 우스꽝이
우스꽝스러운 가르침.

덕수궁 미인
— 느헤미야

정말, 결혼식 하는 신논현 리츠칼튼호텔
지나서 수산시장 노량진과 시민청 시청역
거쳐 덕수궁 돌담 길 좁아지는 낭만으로
길게 이어지더니 교통 길을 건너면 옛날
경희궁 터 서울고등학교 자리에 서울역사
박물관 세워진 그 뒤로 결혼식 전 결혼식
피로연의 '지중해식당' 있다. 서울, 대미
장식이 없는 소리 같다. 서울, 정도 5백 년도
한참 지난 대신 이제껏 숱한 대책이 있어온
소리가 앞으로도 있을 소리 같다. 그 소리가
그 소리 같지만 남녀노소 하나같이 와줘서
고맙고 만나서 반가운, 별말씀 다 한다는,
소리가 서울 토박이 내게 특히 대도시가
대도시 계획인 소리이다. 그 뒤로 덕수궁
돌담 길 다시 이어진다. 팔짱을 끼거나 더
다정하게 떨어져 걷는 선남선녀들, 행복한
젊은 가족과 은근한 노부부가 있는 까닭
만은 아니다. 1886년 이화학당 건물이 어쩐지
서글서글한 눈매를 어쩐지 고색창연하게

274

붉히는 대목에서 길이 모종의 절정에 달하는
까닭만도 아니다. 1967년 개교 예원학교 하얀
건물이 충분히 낡은 채로 이화학당 그것과
대비되어 미래지향적으로 보이는 까닭만도,
그 위 가장 높은 상림원 속으로 길이 사라져
허망도 깬 자가 깬 동안의 일인 것을 깨닫는
까닭만도 아니다. 사실은 내 뒤로 어떤 미인이
나를 따라온 것이 여태 이어져왔다. 무능한
사내들의 폭압을 견디며 왕궁의 유일한
업적으로 형성되다가 왕조 멸망을 맞아 이리
긴 완벽에 삽시간에 달한, 덕수궁 미인이.

추억의 구성
— 벨샤자르의 잔치

아직도 그 자리에 있다, 장충동 태극당 본점.
항상 태극당 '빵집'이었다.
지점이 없고 한 군데라서 더 본점 같다.
족발집들 이전이고 정거장 이름급 명소이고
그냥 화려하기로는 신라호텔보다 더하다.
내가 그 건물을 본 것이 아무리 빨라도 72년
이후 대학생 때이지만 지금도 1946년 문을 연
상들리에 건물 처음의 위용 그대로인 듯하다.
국민학교 때 고모가 큼직큼직하게 보따리로
싸 오던 망가진 카스텔라 향 흥건하다.
남정네보다 드세고 정력 좋고 이혼하고
재혼한 소문만 돌던 고모가 1980년대 초
내 신혼 살림에 잠깐 나타났다가 사라졌다.
영영이었다, 지금은 돌아갔을 테니. 스스로
비참한 독거노인 신세를 끝까지 허락하지
않았을 것. 태극당, 이름만 떠올려도
부스러기 뭉친 카스텔라 향 흥건하다. 때로는
위스키 향보다 더 독하다.
각각 가난하고 부자이던 상호 추억이

자본주의에 반대하는 구성만큼 파시즘과
친연적인 것도 없다. 그럴 리 없다는
도리질만으로는 절대 부족하다. 예술의
수준을 오히려 더 높여가야 한다. '오히려
더'에서 흥분한 죽음이 길길이 뛰겠군.
그것보다 더 높여가야 한다.

옛날식 육개장
── 변용

어제는 며늘애가 와서 마누라 방수 붕대
목에 댄 채로 첫 외출, 여의도 영양센타
전기구이통닭과 삼계탕 먹고 오늘 붕대를
벗었다. 반투명 거즈로 비치는 6센티미터 갑상선
수술 칼자국이 아내는 10센티미터보다 더 되어
보이고 나는 그보다 길어 보인다. 상처를
감쪽같이 아물리는 연고제가 있지만 그
얘기가 아니고, 진짜 위로는 같이 늙어가는
친자매들 몫이다. 장모가 홀로 키운 딸
다섯 가운데 미국 사는 막내 빼고 넷이
모인 동네 식당에서 옛날식 육개장 먹으며
작은언니는 5년 전 큰언니는 7년 전
같은 수술 받은 얘기이고 그리고 보니 마누라
셋째인데 제일 나중에 받았다. 조직 검사
결과를 봐야겠지만 수술받고 별 불편 없이
살아온 이야기가 다행을 쌓아가는 가족 병력이
있다. 그리고 그 이야기가 별다른 반찬 없이
그냥 한 그릇으로 온전한 육개장 시뻘건
핏빛을 끌어당긴다, 결정적으로 서민적인

생의 이쪽 편으로. 산 사람한테는 평생 친한
이들이 계속 살아 있는 것만 한 위로가 없다.
거의 살아 있어주는 것에 해당되지. 미국
사는 막내 처제는 미국 시민이니 가족 병력
해당 안 된다면 더 다행일 것이다. 육개장이
원래 궁중 음식 개장국인 사실의 시사와
핀트가 여러 겹으로 다소 어긋나든 말든.

음식 쓰레기
— 엠마오 가는 길

아무리 더워도 더위 자체로는 순수 열대에
달할 수 없는 뜻으로 푹푹 찌는 더위이다.
벌레들이 생겨난다. 아무리 찾아도 원인을
찾을 수 없다. 냉동시켜도 냄새 나는 음식
쓰레기가 원인의 장소 아닌 까닭이 오히려
까닭일 수 있다. 자신의 엄혹을 거세당한
영혼이 제 욕망을 거세당한 육체보다 더 쓸데
없이 더 형편없이 말이 많을 것 같다. 밖에서
들어왔을 리 없는 파리들 왱왱댄다. 피서
같은 소리. 우리 가운데 누구도 여행 떠나려
집 앞을 나선 적 없다. 생이 몇 번의 은퇴만
가능한 완벽한 실내이다.

아니다
—— 창작촌

너의 온몸, 대지의 포옹과도 같아야겠으나
너의 입술, 태양의 접촉과도 같아야겠으나
너의 눈동자, 별밤 축복과도 같아야겠으나
아니다, 나를 깨우는 것은 너의 검지 끝,
너의 밤의 그 모든 것의 가장 짜릿짜릿한,
가장 뾰족한 끝의 물物,
왜냐면 밤새 늘어난 사랑이 늘어난 슬픔을
감당하려 깨어난다. 날마다 거기서 인간의
비유가 시작되고 이어진다, 사랑이 비유의
핵심일 때까지. 다시 밤이 지나고 다시는
너의 검지 끝이 나를 깨울 수 없을 때까지.
나 때문이든 너 때문이든 혹은 더 요행으로
둘 다 때문이든.

결
── 색

갖은 취향의 색들이 각각 모두 취향을
넘어설 때까지 우리가 살았다.
따지고 보면 죽은 다음의 일이다.
그래서 죽음이 검은색이라고? 그건
사는 동안의 일이지. 각각의 모든 색이
각각의 모든 취향을 넘어서는 것들의 합이
검다는 것을 우리가 안다고 한들 죽음이 죽음
취향을 넘어선 검은색을 어떻게 아나?
죽어서 우리가 더는 알 수 없지만
더 알 필요도 없다는 것을 우리가 알고 있다.
그러나 그것도 살아서 일이다.
우리가 해낸 일들 아무리 많아도
남지 않는다, 이룩된 일이다.
우리가 하고 싶었으나 미뤄둔 일들 아무리
많아도 남지 않는다, 후대의 취향이 다를 것.
우리가 해야 했으나 하지 않은 일들만
너무 숱하게 우리의 치욕으로 남는다.
우리 떠난 후 이 지상에. 죽은 다음의 일이고
더 슬픈 일이다. 그러니 선명의

질량, 평소에 보이지 않고 생각에 없고
일부러 찾으면 물의 몸을 제 몸속으로 감추는,
안개 혹은 선線의 몸이지만 평소에도
수평선이 평준화하는 어떤
전반全般의 운동인.
생각하면 아주 멀리 있는 만큼 막연하다가
좌우로 끝이 없는 만큼 선이고 선인 만큼
급기야
평준화인, 아직은 궁핍이 생을 키우는 양과
풍요가 죽음과 대면하는 양의.
질의 평준화가 있을지 두고
볼 일이라는.
골다골증 배열의
상아象牙 단단한
장맛비 내리기는 내릴 것이다.

3부

—

비켜서는 섬

서序

낙후를 감추지 않고 폼 잡지 않고 다만
비켜서는 형식이 이제는 너무나 아름다운
섬이기 위하여 그러니까 그리고
인용引用 밖으로.

까닭과 후렴

　가장 먼저 겹치고 가장 먼저 무너지는 것이 물질 영역
을 겹치는
　학제學際 연구이다. 영역이 무한 겹쳐져야 비로소 물
질이고
　물질과 물질을 겹치는 가능보다 불가능이 더 많은, 학
제 연구의
　출발을 모르는 속도가 가속화한다. 모르는 것이 하나
도 없는
　용어들이 껍데기만 남아 대책 없이 낡아간다. 몸과 몸
을 겨우
　겹치는 사랑에 대한 끝내 마칠 수 없는 연구가 바로 사
랑이고,
　우리가 사랑은 아직도 끝나지 않았네, 해당 사항 없는
유행가를
　쓸데없이 길게 끌며 부르는 몸의 까닭을 넘어설 것을
새까맣게
　잊었으니 벽은 세월의 중단에 다름 아니다. 그전(있
나?)으로
　흘러가지 않고 그 후(있나?)로 흘러오시 잃는다. 계속

가려면

깨야 하지만 지나왔으므로 깰 수 없다. 중단이 세월 없이 그냥

흐른다. 꽉 막힌 것보다 더 망하는 것들이 갈수록 완강하게 망하는

흐름이다. 솜털만큼의 장난도 묻어나지 않는다. 흘러간 것이

우리와 함께 흘러갔고 흘러온 것이 우리와 함께 흘러왔다는

뒤늦은 깨달음의 후회가 유일한 숨통이다. 어렴풋하고 가볍고

금방 지나간다. 한숨이 호흡 같다. 죽었다 깨어나는 것이 자다가

깨는 것보다 더 대책 없이 화려한 육체인 후렴의 후렴밖에 없다.

모든 후렴이 제 앞의 모든 것이 너무 짧은 후렴이고 후렴의 후렴이

다시 그 후렴이 이어진다.

물화物化

하나는 다른 하나가 좀
조급하다 생각하고 만류했을 거다.
그러다가 다른 하나가 스스로 조급한 줄
모르고 조급하다는 것을 알고
따라가면서 자신이 준비를 마저 하면
된다고 생각했을 거다. 워낙 친해서
헤어지는 것은 생각도 못 할 사이였다.
다른 하나가 여전히 선구先驅하고 하나가
여전히 뒤따르며 준비하면서 다른 하나의
미래 되었다. 국가보안법의 이간질이
아무리 뛰어나도 하나와 다른 하나가
셋으로 늘지 않는다.
계승하는 세번째도 아니다.
지금 모조리 눈에 보이는 관계의
미래의 미래이다. 눈에 안 보이는 죽음의
육체노동이 유일하게 법망을 피한다.
목욕 후 욕조를 닦는다. 마누라가 아직
회복 중이고 아주 깨끗이 닦는 것은
내가 아니지만 어쨌든 모종의

시신屍身 아닌 사후를 위해서다.

죽은 시신이 무엇보다

자신한테 질겁하는 이유가 있다.

더 성장하겠다. 흐린 날을 계속 걷겠다.

한 번도 어른을 이해하는 일 없이

아이가 순서를 밟아 어른이 되고

한 번도 아이를 이해하는 일 없이

어른이 역순으로 아이가 된다면

생략 말고 무슨 생이

더 있었다는 말인가?

산 자들이 세우는 전망을 죽은 자들 아니라 그들의

결핍이 육화하는

사이가 있고 그렇게 때가 있다.

생애를 생애이게 하는 사이가 때이고

때가 사이인, 사이의 사이가 때의

물화인.

노을 평범

나이를 생각보다 많이 먹은 대신
입술이나 눈가 주름 아니고 얼굴
표정 아니고 복장 아니고 외모의
몸 전체로 번지는 것이 지는 것인,
가장 부드러운, 바다색 세세하게
속속들이 비쳐 빛나는, 따스하고
행복한 여생이 너그러울밖에
없는, 환하고 환한 미소의.

짐작

잠실에서 쥐가 아파트 주민을
물었다는 뉴스가 있었다.
하긴 그렇다.
살기 좋은 한강 변에서 번식하다 종족
번창에 밀려 어영부영 고급 아파트 단지로
들어온 놈들은 야생 고양이도 없이 자기들이
인간한테 박멸의 대상인 것을 아직 모를 것이다.
내가 사는 아파트에 출현한 쥐는 좀더 희한했다.
보도 한가운데서 매미 사체를 맛있게 먹고 있길래
비키라고 쉿쉿 위협을 해도 잽싸게 정원 숲속으로
튀기는커녕 물러나는 시늉만 할 뿐 밍기적거리는 게
너도 와서 먹이를 다투면 되지 웬 설레발이냐는 투다.
걸린 게 목숨 아니라 서열 정도라는.
하긴 그렇다.
사람 집 구석을 가장 먼저 가장 뻔질나게 들락거리며
훔쳐 먹는 바람에 얻어먹는
반려동물로 길들여지지 않는 것이 쥐의
불행이라고 인간이 단정할 수는 없다.
우리 동네 한강 변 맞지만 부자 아파트 아니고

주면 받아먹지만 엄연한 길고양이들 많으니
그 쥐 혹시 제 가문 최초의 일을 바로 오늘 당하겠으나
내 짐작이 맞다면 그 쥐 사전에 없을 것이다, 횡액이나
객사라는 단어가, 그 어려운 단어 불행은 말할 것도 없다.
페스트는 도무지 영문을 모르겠고, 어이가 없고,
아무래도 덩치 무지 큰 인간들이 쌓은 덩치 무지 큰
인간의 시체가 썩는
냄새 탓 아닌가 싶은데.

뒤 패 소견

서유럽과 동유럽 왕후장상들 하루 행사용으로
형식 완강한 이탈리아풍 오페라가 양산되었다.
앞 패는 물론 뒤 패한테도 그중 나은 밥벌이였다.
기존 대본을 행사 기조 따라 우지끈뚝딱 고치고
물주物主를 예찬했다. 작곡은 출연진의 기량과
특성을 활용해야 했는데, 잘나가는 남녀 주인공
역役 가수들이 툭하면 빵꾸를 냈고, 서둘러 찾은
대타 기량이 시원찮으면 아예 줄거리를 바꾸어
조연을 주연으로 올렸다.
모차르트가 신동이고 천재고 위대한 작곡가인 것을
누가 모르나? 정말 대단한 것은 열두 살 때부터
죽기 3개월 전까지 그의 거의 유일한 생계 수단이
이탈리아풍 오페라 작곡이었다는 거다.
일찌감치 그런 운명을 강요한 아버지한테
그가 푸념한 기록은 없다.
하지만 이탈리아풍 오페라를 이탈리아풍
오페라이게 하는 주인공 역 혹은 행사 사회자 역
웃기는 테너가 그의 작품에 없다.
어떻게 들으면 그의 오페라들이,

오페라 등장인물들이 마른 뼈에 살을 입히는
그의 자서전이고 어떻게 들으면 모차르트의
다른 장르 모든 음악이 우울하다.
또 어떻게 들으면 웃기는 테너 사회자만 있어
급기야 웃음이 웃음인 채로 불타버리는
모든 행사가 지겹다.
그에게 고전이 때때로 어떤 마지막
태도 같았을 것.
35세로 죽은 그의 만년작이 아마도 무대 위
피살을 은연중 자살로 응시하는
태도 너머 상태에서 나왔을 것이다.

엘리제를 위하여

온갖 순서와 규모와 깊이를 뒤흔들며
저렇게 쬐그맣고 예쁘장해도 되나?
되지. 저건 작품이 아냐. 작품의 내용도
형식도 아니고 엄격이 엄격을 자제하는
퓨리턴이 퓨리턴을 자제하는
형식의 바람 너머 바람의
규범 같은 거지. 가까이서는
보일 수 없다. 거의 동떨어질 정도로
먼 데서 운이 좋으면
들릴 수 있다.
왜 온갖 순서와 규모와 깊이가 온갖
순서와 규모와 깊이의 파란만장인지.
금욕주의도 금욕하는
금욕의 시간이다.
베토벤 사후
가족들. 처음부터 바가텔
생애인.

영역의 착각

이상하다.
돈 후안이 젊다.
이상하다.
젊어서는 그런 생각을 해본 적이 없다.
이상하다.
너무 당연하여 그랬던 것 같지 않다.
나이 들어 하지도 못하는 내가
생각해보니 돈 후안이 젊다는 게
당연한 것이면서도 이상하다.
돈 후안은 돈 후안이다. 돈 후안의
착각이 아니다. 내 마음이 청춘일 리 없지만
설령 그렇단들 그것 때문도 아닌 것 같다.
이상하다, 절륜이 나이를 먹는다는 생각.
이상하다, 절륜이 나이를 먹어도 절륜이라는
뜻 아니라
몸 아니라 분명 절륜 바로 그것이 나이를
먹을 거라는, 마땅히 먹어야 한다는 생각.
이상하다.
착각인 것을 누누이 깨닫고 나서도

깨고 싶지 않은, 습관 아니라 어떤
영역의 착각이 있다.
내가 나이를 먹어 지속되거나 심지어 같이
나이를 먹는.

고양

책상 좌우 귀퉁이 스피커를 치웠다.
처음이고, 마지막 같다. 없었던 때가
생각나지 않는다. 빈자리가 늘 정상보다
더 크다는 것을 이 정도로 선명하게
드러내기도 힘들 것이다.
어떤 검은 사각이 기담과 전혀 무관한
눈동자일 수 있는 것 같다.
음악이 늘 스피커를 숨기며 나오는
사실처럼 깨닫는 데 오래 걸리는 것도 없다.
귀가 너무 가까워서이지. 딸아이가 캐나다
여행 선물로 5달러짜리 캐나다 지폐를 주었다.
들여다보니 여권 같고, 그보다 더 내가
캐나다 여행 다녀온 것 같다. 응축이나 응집
아니라 깨끗하게 졸아든 기억으로. 투명지에
인쇄한, 일부 투명을 남겨놓은 지폐다.
미치겠다는 듯이 기기들이 마구 고장난다.
특히 리모컨류가 연결을 거부한다. 스피커가
웅웅거리고 바늘이 CD를 못 읽는다. 누가
에어컨을 리모컨으로만 작동되게 해놓았지?

건전지를 갈아 끼워도 아무리 해도 작동되지
않는다. 인간이 아직은 적응과 연결과 소통의
능력을 지닌 마지막 자연이라는 듯이.
펄펄 끓는 폭염, 왠지 자연의 재앙도 다행히
인간한테 복수하기 전에 기계부터
망가뜨릴 것 같다. 얼마 남지 않은 시간이 계속
줄어들지만 계속 얼마 남지 않은 시간이
있을 것 같다. 고양이 선율의 순간 아니다.
디자인들이 디자인들의
디자인을 이루는 순간이다.

스케르초 Version

공들여 하는
목욕도 끝까지 유지할 수 없는 힘든
행복일 때가 있을 것이다.
샅샅이 깨끗해지려면 육체가 육체한테
쩨쩨해질밖에 그러니까
육친이
알뜰살뜰할밖에.
사소해도 되는 행복의
시니컬, 노년의
모든 것을 받아들이는.
동작동 전철역 건물이 한강보다 더 오래
되었을 리는 없다. 건너편 6·25의 국립서울현충원
보다 그럴 리 없고 1974년 시작된 전철 건설
역사보다 더 그럴 리 없다.
하지만
한강 위로 뜬 여러 갈래 직통 순환 고가들과
건너편 8차선 대로까지 관장하는
중심에 있기에는 너무 낡았다.
그리고 더 낡아간다.

아무리 겹겹이라도 둔중할 뿐이다.

한강이 유구할 뿐 둔중하지도

낡아가지도 않는 것이기에 비교적

더 둔중하고 더 낡아간다.

하긴

누구나 생의 외형이 생의

미로일 수 없다.

우리가 퇴근하다 뒤돌아 혹은 출근하며 앞으로

눈여겨볼 때

모든 전철역 외형이 추하다,

속도만큼 추상적으로 아름다운 것이 없다.

최신식 백화점 실내 같은 역 구내 상가도

외형이다, 속도의 미로를 따라잡으려는 것이

보이는 실내의.

그 차이의

유령이 구체적인 아름다움의

내용이었을 지도.

단 한 번밖에 치를 수 없는 생을

단 한 번 세게 치른

후일담과도 같이.

『일리아드』, 아킬레스건腱, 트로이

목마, 『오디세이』 귀환보다 더

소포클레스,

필록테테스

이야기가 더 말이 된다.

산 채로 화장되고 싶은 헤라클레스 소원을 들어주고 활을 선물 받은 주인공이 트로이를 향하던 중 성스러운 땅을 함부로 밟다가 뱀에 물려 상처에서 고통이 끊이지 않고 악취가 너무 지독하여 오디세우스가 그를 외딴섬에 버려두고 떠나지만 10년이 지나도 끝나지 않는 트로이전쟁을 승리로 끝내려면 그가 필요하다는 예언에 오디세우스가 아킬레스 아들과 함께 그를 다시 찾고 오랜 설득 끝에 헤라클레스의 도움까지 받아 트로이로 데려오고, 그가 맹활약을 펼치고 상처가 낫고 트로이전쟁이 막을 내린다. 파리스가 화살로 건을 쏘아 맞추어 아킬레스를 죽인 파리스를 그가 화살로 죽인다……

그가 생애의 예수지만

작가가 창조한 이야기가 작가의 생애보다 더

유명하거나 위대하다는 거 아무래도
핀트를 벗어난다.
비유나 상징일 수 없는
스케르초, 스케르초,
가정의 비극을 죄의식 너머
거대 담론으로 육화하며
인내하는. 인내할밖에 없는 것을
인내할 수 있는.
책 속에 색이 많이 울긋불긋하고 선이 많이
거칠어서 프랑스혁명 당시 것 같은
풍속 삽화가 정말 프랑스혁명처럼 튀어나온다.
리얼해서 아니다. 전투와 가난의 참상에
냄새가 없고, 그전에 프랑스혁명을 우리가
실제로 겪은 적도 없는데 무슨 리얼?
사진은 다르지. 흑백이든 천연색이든
책 속에 우리의 한 20년 전이면 벌써
사진 삽화가 오히려 사진의 시간 속으로 물러나
숨어들지 않나?
풍속 삽화가 정말 풍속처럼 튀어나오고

우리가 아직도 혁명이 피비리고 가난한 것이라고
믿는다. 그래야 한다고 믿고 믿어야 한다고 믿는다.
그 믿음이 계속되는 동안 아무 혁명도 보이지 않고
올 수 없다는 믿음도 계속된다.
프랑스혁명 당시 풍속 삽화가 프랑스혁명 당시
풍속 삽화라서 튀어나온다.
클래식의 정격正格
연주 같다, 서두르듯 빠르고,
그게 당대 현실에 맞아 보이는
제 바깥의 면적이랄까 세상이랄까
어쨌든 저보다 훨씬 더 세련된 종이와 인쇄
분위기를 박차고 튀어나오는
프랑스혁명 당시 풍속 삽화가 아무리
생생하더라도 프랑스혁명 당시
풍속 삽화이고, 사진이 쓰이기 전에는 죽어라
혹은 느닷없이 튀는 게 삽화의 분명한
역할이던 측면도 있다.
이야기의 서로 다른 여러 버전이 있지 않다.
서로 다른 여러 버전이 이야기를 만든다.

그러니, 그렇게
앞으로.
우리가 혁명을 땜질이나 하고 있었던 게
아냐, 몰랐던 거다, 쓰고 남은 헝겊 쪼가리들이
그냥 쓰고 남은 헝겊 쪼가리들이고 혁명이 바로
땜질의 전망이라는 것을.

오래된 번개

왜냐하면 잊고는 얼마든지 오래
살 수 있겠으나
약속을 오래 기다리는 일은 갈수록
옅어져야만 가능한
전략이므로
만남은 누구나 생과
정반대 일이다.
그러나 이제 생도 지나칠 만큼 지나쳤으니
오래된 약속, 번개도 오래된
번개로 만나자.

낯익은 화음

유년의 갭을 언어가 채우지 않고
언어가 바로 유년의 갭이던
감동적인.
다행이다, 모기가 낯익은 것이
모기한테도 다행이다. 바퀴벌레한테도.
거기까지였을 것이다, 실내의 폭염이
지능의 나사를 조금 풀지 않았더라면.
처음 보는 벌레들이 등장하고
퇴장한다. 다행이다. 처음 보는 벌레들한테도.
죽는 일이 어떤 식으로든 어딘가 조금
나사 풀렸거나 낯익다는 거.

파충류

리우 올림픽 한일 여자 배구전 월드 스타
김연경 경기 중에는 생명이 스파이크,
득점의 보람이고 보람의 만끽이다.
날씬하고 큰 키보다 더 날씬하고 크게
커다란 입보다 더 커다랗게
길길이 뛰는 생명의
기쁨이 여성
아름다움을 능가해버린다.
그렇게는 도저히 계속될 수 없고
그것을 그녀가 모르고 그것을 그녀가
알 필요 없고 그녀 바깥이 모두 그것을
불행하게도 알기에
아름다움이라는 게 애당초 필요했던
장면 같다.
기무라 사오리. 2011, 12년 결정적으로
김연경을 꺾었고 일본 배구 잡지 표지를
14개월 연속 장식한 그 미녀도 패전한
오늘은 현모양처에 지나지 않는다.

포장 장식 리본

흙냄새 투박한 감자 고구마는 말할 것도 없고
향긋한 과일 박스도 운송 도중 옆구리 터지지
말라고 묶은 끈은 도착의 용도가 표 나지 않고
개봉의 용도가 더 표 나지 않고 쓰레기통에
던져져 있다. 저도 부지불식간일 것이다.
신발이나 주방 기구 포장 박스가 제법이지만
장차의 발과 설거지 냄새가 아무래도 리본을
포장의 장식에서 포장 수준으로 끌어내린다.
결정적인 것은 고급 만년필급 가격과 크기의
포장 장식 리본에서이다. 숙달된 점원의 솜씨든
기계적인 것이든 그 포장 장식 리본이 마지막
마무리를 넘어 본말 전도의 너무나도 소중한
요체 같다.
귀금속급 가격과 크기의 선물 받아본 적 없다.
참으로 다행. 그 포장 장식 리본을 푸는 것부터
너무나 가슴 아팠을 것이다, 미리 다가온
세상에서 제일 슬픈 이별처럼.
버리지 못한 포장 장식 리본들이 나의 실내
도처를 장식한다. 나부낀다, 많은 것이

온데간데없다. 떠나버린 것들과 떠나보낸 나와
다시 합치기에 너무 늦었다는 사실만 실제이다.

선구

붉은 것은 우리가 익히 보았던 혁명이
실패한 경위와 결과를 빼고 모든 것이
붉지 않다. 붉은 것은 지금 우리의 도처
혁명이 실패하는 원인 말고 모두 붉다.
그래서 아주 미약하다. 영원히 미약할
것 같아서 절망적으로 미약하다. 그
악순환을 깨겠다는 듯이
뚱뚱한
흑인
블루스
여자,
새까맣게 똘똘 뭉쳐
마구 흐트러진다. 그러기 위해
새까맣게 똘똘 뭉친 것 아니라
더 새까맣게 똘똘 뭉치기 위해
얼마든지 더 흐트러질 수 있는
소리다. 구멍은 무슨.
육덕도 더 새까맣기 위해 뚱뚱하다.
조롱할 테면 조롱해보라고

뚱뚱하지 않다. 비만의 분비와
배설까지 새까맣게
숭고해질 때까지 뚱뚱하다.
이미 숭고한 것이 사정을 잘 모르는
누구한테나 숭고해질 때까지
사정을 봐주겠다는 듯이.
모든 블루스 여자가 뚱뚱한 흑인 블루스 여자다.
뚱뚱한 흑인 블루스 여자가 모종의
선구이다.

철

내 나이 만 62세

손자가 태어났다.

에미 몸 빠져나오느라 어찌나 용을 썼는지

온몸이 새파래서 탯줄 끊은 아들놈은 웬

스머프가 나오나 했단다.

애야, 너 때는 온몸이 쭈글쭈글해서 웬

버러지가 나왔나 했다. 갓난아기가

벌써 이렇게 의젓하고 예뻐지다니 산모와 아기

모두 놀랍고 장한 일이다.

체중 3.8킬로그램의 손자가

귀한 숨을 새근새근 쉬고 신기한 팔다리를

꼼지락댄다. 하루에 딱 30분 신생아실 통유리 창

안에서 열어젖힌 커튼 사이로 유리 대야에 하나씩

놓인 아기들을 친가 외가 식구들이 함께 단체 관람하고

죽도록 고생한 산모는 아예 면회가 금지되는 등

많이 달라졌다.

좋아졌다고 할밖에 없다.

과학보다 더. 내 아이 때는 내가 몰랐다.

부러진 팔에 깁스를 하고 스스로 배웠을밖에 없는

처량한 표정으로 카메라를 응시하는 유치원 시절
아이 사진을 30년 넘게 보면서 지금도 가슴이 뭉클하고
그래서 더 아프지만 내 아이 유년 때 어서 빨리
컸으면 했지 내가 나의 유년을 돌이켜본 적 없다.
한 세대를 더 넘긴 할아버지로 갓 태어난
손자 얼굴을 찬찬히 들여다보니 비로소
내가 갓 태어난 때가 기억나는 것 같기도 하다.
착각이지만 호흡 한 번 한 번이 아슬아슬하고
벅찼을 것 같기도 하다.
여유가 생겨서 아니다. 지금 나의 호흡이 그렇고
앞으로도 그럴 것 같고 내 손자의 미래를 지켜보는 일이
내 유년의 미래를 지켜보는 것과도 같을 것 같다.
생계에 시달리거나 생계를 책임지는 것으로 곧장
철이 드는 것은 아니다.
내가 손자한테 가르치는 것보다
더 많은 것을 그에게서 배울 수 있다.
내가 그에게 그의 유년을 훗날
자세히 들려주지는 않을 것이다.
언제나 문제가 차이 아니라 평준화이다.

나의 고유한 생을 가능한 한 내가 완성해야 하듯이
그의 고유한 생을 가능한 한 그가 완성해야 한다.

완벽한 음모

연주자들이 음악을 연주하는
동영상은 움직인다. 움직이지
않아도 음악이 들리고 음악의
들림이 보이는 것은 움직임과
움직임 사이 있을 수 있는 정지
에서다. 자신의 각질화를 필히
막으려 온갖 뜻을 품는 문자의
노고가 도로로 끝나는 사태가
끝나지 않는다. 룩셈부르크제
담뱃갑 붉고 게바라 초상화
검다. 한국어 흡연 경고문 찍혀
있다. 폐암 등 각종 질병의 원인
그래도 피우시겠습니까? 독한
담배이다. 다 피울 때까지 꿈쩍도
안 하는 디자인이다. 버려진 빈
갑으로도, 누가 무슨 수를 쓰든
그것이 무슨 수를 써서라도 안
할 것 같다. 완벽한 음모, 경지고
정지다.

민간 어원

친근이 냄새였던 그,
윤곽을 흩뜨리는
군데군데 미세한 금박金箔,
이제 다시 만날 수 없는.
낡는 것이 이제는 오히려
안간힘이던 그
시제의 우아, 그녀
형식이 달성되는.
모두 각각인 고전들이 각각 모두
숨으며 어긋나는 각도로 더 분명하게 고전인.
한강대교가 코앞이지만 거기까지
가서 팻말에 쓰인 죽은 페인트 죽은
문장의 자살 만류 호소 공문에 새삼
눈을 주거나 귀를 기울일 것도 없다.
콘사이스 혹은 포켓 사이즈 전체―
일반적으로 반대말에 반대가 없고
한 급 낮은 대비도 사실 위치와 정체가
불안하고 비슷한 말 다른 말 따위
비교 정도가 있다. 디자인으로서는

쫙 빼입을 수 있는 처지 혹은 상태가
아니지. 눈에 보이지 않게 고단하고
기나긴 생과, 시간이 없다는 소문만
무성한 죽음 이전 시간을 능가하는
단말마의 그, 이어지는 비교가 천 년을
넘기며 꾸준히 땀내도 없이 해소된다.
시간 없는 신화 너머 재생되는 해소가
비극의 비교까지 넘어선다. 합본이 늘
외국어 사전 합본이다.
그녀가 해소되는 형식 아니다.
그녀가 해소하는 형식 아니다.
그녀가 해소의 형식이다.
생이 조금 더 일찍 끝났으면 우리
조금 더 좋지 않았을까,
볼품 있지 않았을까?
자문도 질문도 가정도
해소되는 형식 아니다.
해소하는 형식 아니다.
해소인 형식이다.

낡는 것이 눈에 보이지 않고 낡음이
눈에 보이지 않고 낡은 것이 눈에
보이지 않는다.

레닌 레드 블루투스

누군가의
혹은 누군가가
정사각형인
전집.
6·25보다 더 붉고
6·25보다 더 구체적인.
마침내 피비리지 않기
위하여 두께와 부피와 순서
개념을 잘라낸.
음악의 모든 혹은 모든 음악의
무선통신기기 사이 '근거리
저전력 무선통신 표준'이라는
설명은 짜증나지만 어렴풋
속삭임 같은 거 아닐까 싶으면 아연
'푸른 이빨'
귀에 그렇게 섹시할 수가 없다. 그래서
비록 사은품이지만(배급은 선물일 수 없다)
첫 아이가 유관 회사 행사에서 받아온
주사위 너덧 개를 쌓은 크기 브리츠 스피커

아주 잘 듣고 있다. 푸른 이빨, 속삭임, 푸른 이빨……

아무래도 관현악은 갇히지만

실내악의 품격이

좁을수록 그러니까 소리를 줄일수록

명징해지는 것 같다.

가장 복잡한 미로가 가장 축축한

성性을 벗는다. 창작의 셰익스피어

피살의 줄리어스 시저

'브루투스, 너마저'

모두 고생했다.

고생 속으로

온데간데없다.

벗긴 몸

오래된 석비石碑 하나 있다.
오래된 석비는 늘 하나만 있다.
마모된 돌기들이 벗겨지며 선명한
글씨체보다 흑백 윤곽 더 선명하다.
그것보다 흑백 돋을새김 더 선명하다.
유현의 오목새김 소용 없지. 왜냐하면
한자는 고대 중국이 아직 제 몸을
빠져나오지 못한 고대 중국이다.
탁본할 수만 있다.
우리의 죽음도 아직 죽음을 빠져나오지
못하여 강성한 제국이다.
탁본만 할 수 있다.
죽음이 석비를 세우지 않고
석비가 강성한 제국이다.
비유도 없다.
동양 하고도 동아시아 문명이
서예이다.
일필휘지 없는 서예
연습이다.

결론이 이끄는 중간도 결론을 이끄는

중간도 없다.

오래된 석비가 늘 하나만 있다.

서예의 석비 아니다.

석비의 서예다.

그 이상 뜻의 모양과 모양의 뜻이 세련될 수 없는

한문 글자의 치명적인 매력을

능가하느라 더 치명적인.

벗긴 몸이 깨끗할 때까지 벗기지 않고

벗긴 몸이 더 깨끗할 때까지는

벗기지 않겠다는 것처럼.

새김이 몸일 때까지 새기지 않고

몸이 새김일 때까지 새기지 않고

새김과 몸이 하나일 때 몸이고

새김이겠다는 것처럼.

심오한 과장

역사소설의 전쟁이
역사의 전쟁보다 더 참혹하지만
실제보다 더 참혹하지는 않을 것이다.
현대는 과거의 참혹을 도저히
체감할 수가 없다.
전쟁은 물론 평화의 살냄새도 진동한다.
생의 냄새가 시체보다 더 코를 찌른다.
돌이켜보니 그때도 대문자 신이 스스로 없는 것은
물론 사람들이 그 존재를 믿은 것도
아니었을 거라는 얘기이지.
아니면 저렇게 과도하게 횡행하는 목숨이
저렇게 과도하게 횡행당할 수 없다.
저리 진한 목숨이 저리 온전히 사지를 찢기는
고통이 저렇게 파리 목숨처럼 흔할 리 없다.
지도의
공백을
어떻게든 메우려는 거지.
허튼 수작이다. 아무도 입어본 적 없는
청순 그 자체인 옥색

저고리 앞에서 옷깃을 더 여며야 한다.

남자든 여자든

짐승에 가깝기에 살냄새가

코를 찌르는 것이 나이였던,

코를 찌르른 냄새가 코를 찌르는 것도

모르고 살았던

의미가 텅 빈 노년을 채운다.

곁을 두고 죽는 일이 애닯지만

곁 없이 사는 일이 더 막막하다는 것을

아는 인간의

역사가 심오한 과장을 부른다.

우리가 마지막으로

생이라고 부르는.

흘러나오면 안 되는 것들이 흘러나온다.

흘러나와 흘러내리면 안 되는 것들이 흘러내리면

안 되는 것들만 흘러내리는 듯이 흘러내린다.

미래의 여자, 첫사랑 미래의 우아한 노부인,

눈을 뜨라 우아보다 조금 더 크게. 침범 없는

네 몫의 착한 색기로 불안한 고상을 좀더

흔쾌히 불안하게끔 완성하라. 모든 두근거림
붉음도 온통 새하얀 하양으로 있으라.

소장

쪼매나게 앙다문 너의 입술을 한참 생각했다.
어색한 미소로 참는 울음의 붉은 입술이
여러 차례 저질러지는 불륜의
길길이 뛰는 노쇠를 여러 차례 거세하면서
살려내는 것은 어떤
모양이다, 분명 침묵의,
다가올 침묵이 지나온 침묵의
오래되어 아늑하고 부드러운
소장所藏인.
침묵이 소장의 모양이었던
입술이 열리지 않고 소장이
침묵의 모양이다.
그 입술 영영 열리지 않고
이제부터 아늑함이 꺾이지 않은
아늑함일 수 있을 것 같다.
네가 아무 말 없고
모든 것이 네 입술로 살아난다.
모든 것에 네 손짓과 발짓이
언어로 묻어난다.

꼼지락대는

발짓이 더 따스하다.

너를 내가 소장하지 않는다, 네 입술을

네가 소장하지 않는다.

네가 소장이다.

남성 여성도 없이 너의

서가에 꽂히는 것이 나고

나의 추억을 펼쳐 보는 것도 나고

추억도 네 덕분의 것.

너와의 그것이 아니다.

앞으로 너와의 추억은

네가 전혀 모르는 너의 또 다른 미래이거나

혹시 네가 나를 펼친다면 분명 읽다가

그만 읽는 그 지점부터 시작되는

내가 전혀 모르는 나의 또 다른 미래일 것이다.

왜냐하면 그런 식으로만 우리의 생애가

무슨

쪼매난 디자인이 뛰어날수록

내용이 박스 케이스보다 더

박스 케이스 같은 성경
이야기를 벗는다. 구약 신약도
없이 벗는다.

관광의 전망

놋쇠 요강이 아무리 닦아도
번득이지 않고 반짝이는
똑 소리이다.
'아무리'에 방점.
아무리 닦아내도 용도를 닦아낼 수는
없으니 저한테는 사랑도 슬픈
배설인 얘기 같다.
수세식 지난 놋쇠 요강이 전보다 더 자신의
용기容器 이전과 용도 이후를 반짝인다.
배가倍加의
거울은 댈 것도 아니다.
과거로 돌아갈 생각이 전혀 없는
것들이 자기들도 모르게 미래의
박물관을 구성 중이다.
지식도 지식의, 추억도 추억의
전성기로 돌아가고 싶지만
거리가 그것을 허락하지 않는다.
역사의 유물도 유물의 걸작도
과거로 돌아갈 생각 전혀 없는

지금이 미래의 박물관이다.

새하얗게 지워지는 나의 머릿속이

그 광경을 정련한다, 마지막 정자체

사실로, 화려한 상상력의 끝 간 데서

눈물 글썽이는 자연의 몸매로.

불가능의 가능한 현현을 초록 비단실

수놓은 옛집, 꿈속의 내가 들어가보지 못한

내 오감의 완벽한 구성체인 옛집.

대문자 신을 모르는 누구나 신을 알게 되기

직전에 대문자 신이다. 내 안팎에서

온갖 속삭임이 자질구레해지는

직후가 없는 물건이다. 오 내가 끊임없이 나보다

더 우월한 존재를 품은 고통의 형식이었기를.

위대한 작가의 단어 사전을 만드는 일이

어언 위대와 상관없이 정해진 정확과 완벽을

기하는 일이다. 깨알 같은 노고는 최초 디자인이

없다. 한참을 지나 아주 낡아버린 그 사전이

갈라질 것처럼 펴지고 쪽과 쪽 사이 싯누런

제본 실이 노끈 수준으로 돌올하고 튼튼해

보일 뿐이고 그때 비로소 편찬자가 감동한다,
최초의 디자이너보다 더. 노고의 디자인이
최후에 가깝다. 귀먹은 작곡가가 듣는 작곡
못지않게 실패가 없고 아무리 성공적인 작품도
이렇게 성큼 다가오지 않는다.
본판이 본판 밖으로 번영하는 우리의 도시라서
우리가 아무리 걸어도 걷지 않고 싸돌아다닌다.
본판이 본판 아래로 깔리며 버티는 우리의 도시라서
우리가 이따금씩 담배를 끊었다가 다시 피운다.
거대하게 육체적인 우리 안의 역사 발전 앞에서
우리가 왜소해졌다. 더 거대하게 육체적인
자연의 재앙이 따로이 TV 뉴스 화면 속으로
안온해진다.
도무지 안 풀리는 일이 도무지 안 풀리는
맛집과 피트니스 스포츠가 사이좋게 성업 중이다.
속수무책, 선사시대
우매가 신비할밖에.
빛을 보는 관광의
전망이 필요하다.

생각보다 더 많은 것이 생각보다 더
가까스로 버티고 있다. 그것이 현재고
민주주의고 평화고 고전이고 예술이고
버티는 모든 일의 가장 바깥을 노래가 더듬는다.
말장난이 말장난으로 이어질 수 없고
이어지는 것이 말 너머 뜻의 미달 아니라
미달의 목표와 정체가 흐트러지는
슬픔이 육체에 달하는.
빛을 보는, 사라진 말씀의
추모가 오래전 성벽이다,
갈수록 더 오래될밖에 없다. 갈라진 돌의
손금이 갈수록 더 갈라질밖에 없는.
본판이 본판 속으로 사라지는 도시라서 내가
이토록 기나긴 이변의 열대야 여름을 받아들인다.
고층 아파트 맨 꼭대기 설설 끓는 시멘트
지붕 아래 찜통 거실에서 에어컨 없이
불평 없이 더위에 더위를 쌓는다.
스타벅스에서 죽치지 않는다.
밤 기차 아니라도 교통은 우리 주변을

깜깜한 수풀로 둔 덕에 우리가 야생으로
활발한 온화를 가꿀 수 있다는 뜻이겠지.
그 모든 것을 노선으로 표현하는
지도가 평면의 기적이다, 도시와 명소들이
교통으로 제자리에
단단히 붙박여 있고, 이전이
이후의 디자인 아니다.
빛을 보는, 관광의 전망.
동서남북 걸음을 멈추지 않는 한
메꿔지며 물러서는 과거보다 더 복잡하게
열리며 다가오는
미래가 과거의 디자인이다.
계속 걷는 디자인이 꽉 차오는 전망이다.

사전의 지방

전통도 낙후도 복고 취향도
하루를 멀다 하고 새롭게
비까번쩍하는 중앙의 일이다.
처음이 무참하고 나중이 미끈한
실패도 마찬가지다. 비잔틴제국의
멸망과 더불어 르네상스가 오고
반反종교개혁이 로마 바로크
양식을 낳는 식.
그곳은 그런 실패들의 무마 아니라
마모에서 비롯되는
인문학이다.
농업을 비롯한 모든 생업의
글쓰기 아니라 도구에
이것이 가장 오래갈 최선의 방법인 생각의
지극정성을 쏟으며 알게 모르게
효용 너머 효용의 미학에 달하는 일은 알게 모르게
생업과 목숨 자체의 의미에 달하려는 것과도 같다.
지방이 아무리 넓단들 지방에서 어떻게
도시가 솟아나겠나? 스스로 너무 큰 도시가

스스로 비틀거리지 않고 스스로 세련의
속도에 취하지 않으려 제 안의
지방을 더 튼튼하게 한다. 지방이 도시 효용의
미학이라는 듯이.
개인이 가능한 품위를 지키며 늙어간다.
동네가 표 나지 않게 나이를 먹는
은근이 정답다.
더 오래된 것이 이국과
예각 없이 스스로 더 신기하다.
언제부터 그 말이 그런 뜻으로 쓰였지?
모처럼 질문도 자문의 일상 수준으로 내려앉는다.
보유補遺이지. 가령
1차 2차 세계대전이 정말 벌어졌던 사태라면
그 이후 1차 2차 여백의 디자인을 그 이전
모든 것이 너무나 빵빵했던 것의 상실
알리바이 아니라 그 후의 현대라고 그냥
명명하면 그만인가, 사실은 이번에도
상실이 중앙의 일이고 현대가 속속들이
뒤틀린 지방의 일일밖에 없는 것 아닌가?
가공할 지속의 내용과 무게와 부피를

더 깨알같이 빵빵한 지속성으로 담아내는 디자인.

1911년

    Oxford University Press

    London Edinburgh Glasgow

    Leipzig New York Toronto

    Melbourne Cape Town Bombay

    Calcutta Madras Shanghai

    Humphrey Milford

    Publisher to the University

가 제1차 세계대전의, 1925년

    Oxford at the Clarendon Press Maruzen Company, Ltd.

    Tokyo Osaka Kyoto Yokohama Nagoya

    Fukuoka Sendai Sapporo

가 제2차 세계대전의 지방인 것.

그 사실이 한 백 년 버텨온

지방인 것.

스스로 버텨온 것이 무언가를 버텨준 것인

사실.

사전이 모종의 고향 아니라 뚜렷한

지방이고 지방이 고향보다 더 중요한

고향의 고향인 것처럼
천연이 흑백 속으로 더 빵빵한 것 너머
하늘이 언제 그랬냐는 듯이 멀쩡하게
푸르른 것처럼
자연이 지방을 돕는 만큼 지방이
자연의 비유를 벗어나는 것처럼.
1910년대 1920년대 『성경』과 사전의 더 누래진
'인도 종이' 인쇄가 지금도 있고
멀쩡하고, 있어서 멀쩡하다.
그것보다 종이가 훨씬 더 얇고
훨씬 더 안 비치고 활자가 훨씬 더 세련되어
인쇄가 인쇄 같지 않은 지금의 인쇄 상태를
인쇄 상태라고 일깨우는 것.
시대의 안성맞춤 너머 시대에 안성맞춤이 있다.
인연은 그런 것보다 더 크다. 즉, 원래 없던 인연이
결국 끊어진다. 너무 빵빵하여 다른 디자인이 제
내용으로도 끼어들 수 없는 디자인이 있다. 마침내
내용과 무관하고 다른 어떤 권위도 요하지 않는다.
아니 어떤 권위도 그 옆에서 자질구레하다.
생애의 음악 너머 개인의 연주와 지휘의 완벽한

일치 형식이 있어 미래가 마음 놓고 흐트러지고
뒤섞일 수 있었다. 흐트러지려 뒤섞이고 뒤섞이려
흐트러질 수 있었다. 그래서 더 과거, 고대 지나
원시의 디자인이 생략에 생략을 거듭해도 다소
어색하게 육중한 돌의 책 디자인이었던 것을
짐작할 수 있다.
요새도 그런 것들이 불쑥불쑥 튀어나오지 않나?
마을버스가 즐거운 것은 평소 걸어 다니던
길이 조금 높이 타고 다니는 길이라서이다.
보이지 않는 것이 붉다면 흑백이 희미해지는
기쁨이 얼마든지 있을 것 같다,『카마수트라』,
노년은 성욕도 울긋불긋한 도형인 소리.
음란도 재미난 도형을 벗어나지 않는 소리인
소리. 지방은 살인을 제외한 인간의 모든 것이,
자연에 비해 온화하다.
자갈밭에 심겨 레일과 침목이 서로를
구성하며 견디는 운반의
유구보다 더 과묵한, 사각에 달하지 않으려
애쓰던 자세가 마을버스
밤 11시 넘은 귀경의 먹자골목

불야성에 묻어난다.
웬일로 우리는 맞춤법 틀린 산아제한
식량 증산 구호와 겨우 한 50년 전 영화
포스터 왕년의 스타들 즐비한 철 밥통
관광 열차를
내리고 보니 탔었다. 다행히
우리가 이제 비로소 지방에 돌입한다.
평행으로 달리는 여러 개 철길이
수직의 원근법으로도 달리는 것이 묻어난다.
방충망에 붙어 너무 가까이서 보면 너무 더운
여름의 재앙의
검은 응축이라 더 흉측하던 매미도 사라졌다.
초록 응축이라 더 폭력적이던 사마귀도 없다.
오래된 것이 새로움 속으로 새로운 자리를 잡는
가을 청명, 선율이 사라지는 흔적도 사라지는
난분분, 난분분.
정체불명 아니다. 여전히 양서 방식에
집착하는 생명에 다행하게도 생명보다 더
풍성한 생각이 불행하게도 평퍼짐하게
집착하는 경우이지. 다행히 생의 정체를

분명하게 해주는 죽음을 불행하게도 평퍼짐하게
분열로 생각하는 사례다.
구분 가능한 생의 단계라는
범주가 문제다.
한정의 글이 더 한정적인 글로써 글을 마구
한정 짓는다. 붉은 피가 새삼 필요하다. 생이
살아 있는 모든 것을 흘러넘치게 하는 동시에
모든 사라지는 것 너머로 사라진다.
정체불명의 정체불명 속으로 흘러넘치는
동시에 사라지는 정체이다. 아다지오,
난분분으로 승전을 능가하는 패전의 지방
디자인을 우리가 알기에 더 오래전 제국을
능가했던 식민지의 그것을 짐작할 수 있지만
제국주의에 맞선 민족주의에 디자인이 없다.
디자인한테는 '주의'가 바로 취약이거든.
고통 아니라 그 이전과 이후를 고통보다 더 오래
더 고통스럽게 쌓아가는 지방이 없다.
받아들임을 받아들이는 위험이 길쭉하지 않고
들쭉날쭉하지 않고 정사각형이 정사각보다 훨씬
더 넓고 깊고 인용이 원전보다 더 무르익고

극치를 되도록 뒤로 미루는, 보이지 않는 원의
세세한 충만, 지방이 없다. 민족주의가 귀경도
귀향도 하지 않고 늘 상경하고 상경하고도 다시
상경하는 까닭이다. 좁고 밀집한 번화가에서
제국주의와 맞짱 한번 떠보겠다는 거지.
어느 쪽이든 흘린 피는 지방이 받아들임을
받아들이는 일환으로 받아들일 때 비로소 가장
소중한 명예의 전당에 든다. 대문자 신이 망가뜨린
시간을 제대로 돌려놓느라 오래 걸리는
디자인이 지방이다.
오래 걸려야 하는 디자인 아니고
오래 걸려도 되는 디자인이 지방이다.
흐트러지는 것 자체를
그림이라 부를 수 없지만 얼마나 더
복잡다단해야 아주 조금 더
순수할 수 있는지. 순수가 종합의 흑백에
접근하는 수준이 스스로 열리지 않고
직접 여는 사람들한테만 열 때마다 새롭다.
이미 전에 보았던 것도, 예상되는 전개도
새롭고 생에 그리 새로울 것이 없으니 나날의

사물들이 새로운 유년 같고 그 흔한 토속의
지방 특산물? 지방이 특산이다.
외부가 어딘가 내부 같고 내부 어딘가
고유명사가 보통명사보다 더 오래되어
안온하고 보통명사가 어딘가 외부의
자연이다. 다 알고 보는 기분의
새로움이 생의 지방이다,
마음을 포함하여 마음보다 더
넓고 깊게 느끼는, 거기서부터 비로소
결핍 아니라 여백이 시작되는.
그럴 수 없을 정도로 넓은 지면에 그럴 수 없을
정도로 글씨만 빽빽할망정 그림에서 글이
나오지 않고 글에서 그림이 나오는, 세계와
역사의 금화, 은화보다 더 소중한
사전의 지방이 있다.
뒤집혀 바둥거리는 바퀴벌레도 가까스로
징그럽지 않은 사전의 지방이 있다.
육안에 너무 큰 부피와 너무 작은 글씨가
보이지 않는, 한 권인.
셰익스피어 작품명 약자가 도처 산재하며

전체의 다자인으로 들어선 영어 사전이 있다.
길게 3단 조판. 셰익스피어 전집의
네 배에 달하는 분량이고 역동적으로
코를 쑤시는 인간 욕망의 냄새 깨끗하다.
드문드문 손톱만 한 세필 삽화는 물론
검은 글씨도 천지에 내린 눈의
미세 결정인 듯 깨끗하다.
2퍼센트 삐딱한 이국과 그보다 더 치우친 이국어가
100퍼센트보다 더 완벽하다.
반 너머 어휘들에 붙은 라틴어 그리스어
어원이 전체의 디자인으로 들어선, 손바닥에
겨우 잡히는 두께의 불어 사전이 있다.
무쇠 근육의 아비규환,
의 침묵
그렇게 단아할 수가 없다.
완벽하다.

소금의 번역

펼쳐지는 것이 모두 믿을 수 없게 펼쳐진다.
함락당하는 것이 가장 섹시한 정복일 때까지
가장 세세하게 펼쳐진다.
옛날이 저리 음험했다니 소용없지만 이것을
일단 신비라고 명명하자.
두드러지는 것은 정신이 든 이성의 일. 도저히
믿을 수 없는 정교한 균형이 믿을밖에 없는
균형이기 전에 믿을 수 없기에 균형이다.
짜릿을 해부해봐. 가을, 무르익은 색깔도
범접하지 않는, 육체 없는 벌거숭이 질서의
치밀한 세련, 그림과 글자 사이를 능가하는
글자와 그림 사이. 선이 선을 능가하는 가는
눈썹도 사라지기 직전, 치부를 일제히 벗는
부끄러움으로 일제히 숲을 이루는, 이제는
맨정신으로 믿을 수 없는 이름, 음모들이
일제히 제 몸을 더 숨기는 향연. 옛것이
은둔하지 않는다. 새것 속으로 제 전모를
채우는 소리이다. 보이는 것이라면 육안에
보이는 모든 것이 별빛처럼 몇억 광년 전

것일 수 있다. 잔존과 상관없이 옛것이 끊임
없이 시간을 거리로 환산하는 소리이다.
오는 것과 가는 것이 둘 다 중요한 소리.
그럴 리 없지만 모든 소리가 그 소리라는 것
같은 소리이다. 좋아. 이대로 죽어도 좋아.
아아. 너무 좋아…… 세포보다 더 미세하고
더 편재한, 옛것이 차마 내지르지 않는 소리
시옷에서 사시스세소 나니느네노 날것인
네 것을 날것인 내 것으로 조금만 받아들이기
전에 더 조그맣게 마미므메모…… 아스라한
흐림의 선명. 왜냐면 가장 작은 것이 더 작은
의미일 수 있고 가장 작은 뜻이 더 작은
크기일 수 있다는 듯이. 한자 아무리 유서 깊고
근엄하고 험난해도 라리르레로 훈독하면서
소금의 번역과 소급의 번역 사이 디자인의
전언, 그리고 진보의 미학.

불과

걸작 그림이 자신의 주거를 강요한다. 굳이 찾아서
보지 않아도 여러 차례 여러 기회와 경우와 용도로
눈에 띄는 그것이 한 번도 홀로 존재하지 않고 전시장
풍경을 상품 광고를 삽화 쪽과 세부도 전체를
출토지와 성당 제단과 명승지 사찰 등산복과 최소한
액자를 거느린다. 홀로 있는 경치와 달리 각각 숱한
실내디자인들을 뗄 수 없게 거느리고 그 디자인들도
좀체 잊히지 않는다, 어떤 때는 걸작보다 더 그렇고
그런 사실이 걸작일 수도 있다. 이 모든 것의 합으로도
자본주의가 극복될 수 없는지 두고 볼 일이다. 실내
디자인 동물 사진이 좀 커도 된다. 맹수가 실물보다
더 크더라도 맹수에게 사진렌즈를 들이대는 인간의
무례와 오만을 맹수 피사체가 흉내조차 낼 수 없다.
부처를 만나면 부처를 밟고 지나가는 철학을 어린
양들이 계속 순교하는 종교를 흉내 낼 수 없다.
제우스 아폴로 아테나 아프로디테 디오니소스
막 노는 그리스신화가 짐승 거주하기에 아직까지
그중 괜찮은 인간의 실내디자인이다. 여우비
뿌리는 아파트 옥상 저편 무지개 아래부터 벌써

위험한 짐승들이 위험에 처해 있다. 우리가 색의
횡단면을 알게 된 것은 무지개 때문 아니라 그런
피의 짐승들과 맨살로 만나던 시절의 일이었다.
지금은 '핵전쟁'이 신조어가 아닌 시대이고 신화의
짐승들이 가장 이해할 수 없는 것은 도표와 인명이
서로 상극이면서 그리 잘 어울릴 수 없는 사회과학의
그야말로 바깥의 들일, 정돈된 실내보다 더 속이 희고
깔끔하고 검은 표지 검은 크기와 검은 두께가 검은
관보다 더 아름다운 권위를 뿜어내는 백과사전이다.
비판적 지성도 제 죽음을 문상하지 않고 극복하려
한다, 더 검은 권위의 아름다움으로. 즉, 짐승들과 의논
안 해도 되는 거의 마지막 일에 몰두 중. 정신 너머
죽음을 물화하는 일도 포함하여. 짐승한테 제일 먼저
배우고
혁명의 틀 자체를 처음부터 너무 쉽게 아주 잘못 전달
받은
자책에 느닷없이 민법 형법 형사소송법 붉으락푸르락
하면서
여전히 신화 짐승들의 돌이킬 수 없는 마지막 단계에서

시작하고 급기야는 순서 너머 설정 자체를 혼동한다.
그물을 갈수록 촘촘히 짜는 것이 자신을 포함한
누구를 포착하거나 건지려는 것 아니다. 뒤늦은
깨달음이 더 소중하기 위해서이다. 대표 지난 상징이
그 사정의 형상화 속도를 지나지 않는다. 참으로
소중한 불과이다. 우리가 버려서 헌책이 홀로
낡아간다. 너의 감상 이전에 그것을 빙자한 나의
감상주의를 탓해야 했다. 모두 내 탓이어야 했다.
의미가 그물을 짜는 그물이다. 그물 짜기의 그물이고
그물의 그물 짜기이다. 글쓰기가 독서인
그물과 독서가 글쓰기인 그물 짜기가 비로소 그물을
벗어나려 하지 않는다. 비로소 건져지는, 물을 능가하는
공空 아니라 불과의 물. 겹쳐진 몸이 더 겹쳐지고 싶은
소용없는 욕심이 너무 많았어. 리듬이 그림을 탄생시
키는
비유에서 더 나아가지 않고 그것으로 자신의 영역을
더 깊이 파고들면 육욕도 지치지 않고 한결 매끄러울
거였다.
개인의 육체 말고는 아직 아무것도 앞으로 더 나아가

는 일에

　늦지 않았다. 왕년에 장만한 CD들을 꺼내 듣느라 끈
　유튜브 화면 자리가 컴퓨터 왼쪽 하단에 여태 비어 있다.
　그 새하얀 면적 너머 음악의 비대칭이 불편하지만 워낙
　신기하여 당분간 그냥 두고 하던 일 계속하기로 한다.
　숭숭 뚫린 언어의 구멍마다 죽음의 냄새 그리 참신할
　수가 없다. 다행이야, 시간을 엄청나게 무시하던 그
　포스트모더니즘도 이제 시간이 지날 만큼 지났는지
　출현의 순서가 보인다. 자리 잡은 순서이기 전에
　보이는 것은 시간이 지난 것. 그 사실이 포스트모더니
즘보다

　더 포스트모던하고 다행이다, 형용사
　'포스트모던'이 버려질 수 없으니.

초상화

어우러지는 것은 지나놓고 보지 않아도 늘
놀라운 일이지만 지나놓고 보아도 이렇게
어울리는 건 정말 기적이다. 누구도 韓中日을
'한 가운데 날'로 읽지 않는다. 中을 조금
헷갈리고 모래 씹는 발음으로 누구나 한국
중국 일본으로 읽고 한중일로 읽고 그 순간을
대등하게 사이좋은 적 한 번 없는 2천 년
인접 역사의 불협화 전체의 소음이 채운다.
이것이다, 생략의 장력 따위 무시해도 누가
뭐라 하지 않을 속도로 거의 곧바로 韓中日을
韓中日이게 하는 것이. 사진기가 발명되기 전
어용 화공이 그린 은퇴한 늙은 신하 오그랑
오그랑 초상화가 이럴 때 필요하다. 신하 혹은
화공이 韓中日 가운데 어느 국적이든 상관이
없다. 왜냐하면 그 초상화가 들춰 볼 것도 없이.
韓中日보다 더 빠르고 위력적인 韓中日
초상화다, 韓中日이 앞으로 기적 없이 잘 해볼
만한. 문법 취향부터 다른 것들이 모였기에
바로 얼굴인, 모처럼 도화지에 모처럼 색깔도

구사한 韓中日 초상화다.

음악의 입장에서도 있을 수 있는 일이다.

음악책 입장에서는 있을 수 없는 일이다.

빙의 화려

황금이 제 갈라진 틈을 흘러내리는
잉크를 쓰려고 아니라 더 빛내려는
뾰족한 집중이다 금촉,
만년필 검은
뚜껑과 몸통이
걷잡을 수 없이 화려하다.
마침내 주체 못 하고
몸부림칠 듯 화려하다.
몸부림치며 화려하다. 몸부림이 화려하다.
꿈쩍도 않는 검은
만년필
뚜껑과 몸통이.

전망 형식

내가 본 것은
고대 그리스어 로마 중세 라틴어 인도
히브리 아랍어와 유럽의 모든 민족어가
등장하는 가장 두꺼운 인용 사전이 아니었다.
내가 본 것은 온갖 작가와 작품이
소개된 가장 자세한 문학예술 사전이
아니었다. 붉은 권위 속 엎지른 것도
엎질러진 것도 아니었다. 결핍이 생략되고
떠난 것들이 더 낙후하는 그로테스크를
해체하는 더 나은 시간도 아니고
의외로 넓고 성기고 약한 기초가 의외로
생의 끝에 이를수록 어렵고 힘들고 튼튼해지는
까닭의 색인도 아니었다.
겉표지 벗기면 진면목을 펼치는, 겉표지를 다시 씌워도
육안에 삼삼한 표지 아니고 베토벤 교향곡 색색 아니다.
영국과 중국의 충돌, 굉장했지.
의미를 겹쳐가는 한자에 비해
한글은 소리라도 쌓지 알파벳은 소리를
그냥 이어가지 않나? 그거 하나는, 악랄했지만,

일본 문자가 선방하고 수습까지 한 거다. 무조건
따르는 식으로 따라잡고 날로 먹겠다는 작정으로
시작, 얼마 안 되어 중국 고사성어를 아에이오우
순서로 휴대할 정도. 프랑스어는 라틴어의 너무
점잖고 다소 속없는 자족적 후예다. 독일어는 천애
고아, 고생에 찌들어 어떤 지면도 느슨한 법이 없다.
네덜란드 장사꾼들이 매물로 주문한 그림이 아직도
세계 최고 수준이고 그들은 파시즘이 자본주의의
고질 이상도 이하도 아니라서 피비릴 것이 나치 청산
국가 사업에 없었다. 멸망의 기나긴 파란만장을 겪은
현대 그리스가 고대의 영광보다 더 아름답지 않을
리가 없다. 우리가 보는 것이 그 사실이고 사실은
그 사실만 보인다. 유적의 고대를 생체험하려는
햇빛 쨍쨍한 욕망도 명랑도 넉넉한 가벼움도 파시즘을
부르고, 그에 맞서 중요하다, 지금도 2천5백 년 전
그대로인 그리스 알파벳이 얼마나 날씬해졌는지가.
거룩이 거세된 예수에게 남은, 자신을 겨냥케 한
세상의 온갖 권위를 단 한 번 자신의 죽음으로
집중적으로 타파한 전략의 인간도 이제는 이해받기

힘들 것이다. 이해 수준을 끝없이 높여주던 순수
경외가 온데간데없다. 우리가 시간보다 우월한
음악의 순서를 모르고 멸종할 확률이 높다.
그러나
내가 본 것은
절망의 지극히 정교한 제본이 아니었다.
내가 본 것은 책이다.
흐린 비닐 껍질 벗기면 읽어도 읽어도
읽을수록 더 깨끗해질 것 같은 책 아니다.
종이 책이나 인터넷 정보 바다 책 아니다.
내가 본 것은
인류가 성취한 평화에 기여한 최상의 성과들의
합으로 자본주의를 극복할 수 있는가 묻는
전망의
형식인 책이다.
커피 엎질러진 컴퓨터 자판 기능이 60퍼센트쯤 회복
된 때부터
90퍼센트 넘게 작동될 때까지 쓴 유서는 지뢰투성이다.

베토벤 아다지오

관음증이 아냐.
동태보다 더 앙상한
체격과 성욕 없는 성욕 개념의
노인이 훔쳐서라도 보고 싶은 것은
유별날 리 없는 남성기와 여성기가
유별날 리 없는 짓을 벌이며 지들끼리만
유별나다고 생각하는 남녀 상열의
각 얼굴이나 체위나 분위기나
현장이 아니다. 말 그대로
공통이 배제된 어떤 사생활만의
사생활을 보고 싶은 거다,
가장 개성적으로 따스한 체온에서
가장 개인적인 고통에 이르는.
과정을 보고 싶다. 노인은
자신의 사랑에 그런 것이 전혀
없었다는 생각이다.
그렇다고 죄가 안 되는 것은 아니지만
자신의 사생활 영역이 줄어들수록
노인이 젊은것들 사생활을 더욱

궁금해할 것이 분명하다. 궁금해할
기력이 있는 한.
평생 쌓여온 개인의 아다지오가
협주를 능가한다.
협주를 아다지오 속으로
쌓으며 개인을 계속 쌓아간다.
그것이 결국 공통에 이를망정
쌓아가는 일이 가장 사적인
죽음에 드는 일이다.

백수사

무슨 범죄추리소설에서 나오는 결사나
건물 같지만 백수사는 유서 깊은
출판사고 동경에 있다.
1921년 출판된 '白水社版' 프랑스−일본어 사전
한 권이 내게 있다.
클로스 장정에 2천2백을 넘기는
쪽수지만 첫눈에 아주 낡았고 속이
서툴고 조잡한 1단 조판이라 어느 외국어
사전인지는 별로 중요하지 않다.
범죄추리소설에 등장한 을씨년스러운 이름을
신생 출판사가 땄을 가능성은 적다.
그렇다면 백수사가 멀쩡하다가
불길한 어감으로 바뀌었나?
관계된 무슨 끔찍한 사건이 나중에 벌어졌을
가능성은 더 적다.
백수사는 범죄소설 출판사가 아니고
설령 그렇단들 어느 작가가 유명한 사건
발생지에 선뜻 자신의 사건을 전개하겠나?
백 년은 세계대전과 패전

그리고 기적적인 부흥 말고도 많은 일이
있을 수 있는 기간이다.
기적보다 더 듣도 보도 못한 일들이
없을 수 없는 기간이다.
사라진 것이 너무 많다.
이유 없이 잃어버린 것이 너무 많다.
살아 있고 이유가 있으나
이해할 수 없는 이별이 너무 많다.
백수사…… 비명도 없이, 백수사……

무게

좋은 추억이 살아서 중력을 벗은 것이지만
잠깐이다. 그것이 부르는 상실의 슬픔이 벌써
몸에 아주 가깝다. 몸을 무겁게 하는 중력이
결국 무거운 몸을 결정적으로 낮춰 제 품에 안고
그 속으로 해산시킨다. 내가 아직 안 죽었나,
벌써 죽었나, 좋은 추억들이 제 무게를 이기지
못하고 길길이 뛰는 것은?

추석

아무리 대형일망정 건물 안 먹자골목이
건물 밖 먹자골목보다 이토록 더 홍건한
유래가 없었다. 먹는 일이 공간의 법칙을
능가하는 지경. 이것을 표현할 말이 없다.
이렇게 화려한 멸망이 있을 수 있나?
옛 청진동 해장국 골목 근처
옛날의 너를 만나러 내가 가고 있다.
네가 있는 한국과 네가 없는 한국은 다르더군.
TV 프로그램 〈가요무대〉에 「제비처럼」의
윤승희 출연했다.
나의 군대 시절 유행가인데
여전히 뭘 모르고 걸걸 씩씩한
처녀 목소리.
강제징집 군대 시절 너무 지겨웠다.
그렇지만?
잊어버렸다고 생각했는데 그때
비무장지대 지뢰 제거하다 죽은 내무반
동료들 찢겨 나간 사지들이 내 고정의
뼛속 아니라 흐르는 핏속에 서걱서걱

모래로 남아 있다. 내가 퇴역 군인 아니라
평생의 병사였던 것이지.
광화문 지하철역 노선은 과거로도
현재로도 천지 사방 뻗어 나간다.
지하에서는 광화문이 여전히 모든
장소의 중심이라는 듯이. 더 자세히
들여다보면 모든 것이 지하에서는
모든 장소의 중심이라는 듯이.
교통이 유일하게 가능한 미래의
형상일까, 이렇게 뿔뿔이 흩어지는
중심일 수 있나? 그렇게 의심하는 것들이
있기는 있을 것이지만, 역시 마땅한
단어가 없다. 음악이 오래전부터 제 혼자 흐르고
야동 볼륨을 조금 더 높여도 좋을 것 같다.
엘리자베스, 엘리자베스, 그 화려가 육중한 의상의
1세 여왕이 2세 여왕에 이르기 전에 그토록 부드러운
어감을 갖게 된 것을 보면, 껍질을 벗기면 분명 더
아름다울 것이지만 그러므로 껍질을 벗기지 않는
경지가 있을 듯한 느낌을 보면 실험의 규모를 육안에
안 보일 정도로 키우는 실험이 생인 생도 있을 것이다.

40년 만에 비
— 김애란에게

자정이 훨씬 넘었고 생맥주 마시는 카페
테라스에 주룩주룩 비 내린다. 생을 반쯤
비에 맡기고 술 마신다. 천둥 벼락도 귀엽게
친다. 어릴 적 내 고향 내 나와바리를 싹
갈아엎은 카페 거리 야경 간판 불빛들
억울이 없다. 겸손한 축제처럼 공터에
젊은 남녀들도 비에 무언가를 나보다는
조금 맡기고 도란댄다. 정신이 번쩍 드는
젊음이 있다. 40년 넘게 써온 시도
새롭게 쓸 수 있다. 남녀 문제도 제1차
세계대전이 무너뜨린 세계의 하늘 뚜껑
아래 적나라했던 신생과 사회주의 교양의
조합도 아니다. 뒤늦은 여유로 받아들이는
천둥 번개 얘기이다. 나의 세상이 아직 창녀
이야기에 대책 없이 슬퍼한다. 『일리아드』
『오디세이』를 다시 읽어도 소용없을 것이다.
창녀들 성욕만 조금 더 튼튼해 보이겠지.
구약이 어릴수록 신약이 나이 들수록
문학적이다. 마르크스 『자본론』은 청년이

되어야 읽을 수 있고, 뒤늦게 읽을수록
문학적이다. 어차피 실재하는 것이 없는
언명 너머 언명의 형상화가 두 사실의 겹
혹은 사이 혹은 차이에 있을 것 같다. 더 늙어
읽으니, 별거 아닌 모험들보다 그 많던
동료가 하나씩 둘씩, 결국 모조리 죽는 것을
오디세우스가 어떻게 그리 꾸준히 견딜 수 있었는지
믿을 수가 없다. 죽은 자들 영역을 방문한 것이
자살 충동 너머 죽음 치유를 위한 고육지책
아니었을지. 죽음 영역을 구축하는 그 모든
상상력의 효용이 원래 그랬듯이.
비가 내리고 갈수록 아련하게 흩어지는 모양의
배경이 갈수록 선명하게 젖는다. 더 아련하다.
여인의 형체가 미친 듯이 하얗게 흐트러져도
괜찮을 것 같다. 배경이 짙은 파랑에 달한다. 여전히
숨는 배경이다.
가장 단순한 구구단이 가장 단순하게 생이라는
위험을 견디지만 곱한 숫자를 알 뿐 그보다 숱하게
실종되는 곱하는 숫자의 정체를 우리는

한 번도 본 적이 없다. 정말 어떻게 외었던 걸까
윷밖에 없던 구구단을?
40년 만에 내리는 비가
40년 동안 내린 비 아니다. 앞으로 40년 동안
내릴 비 아니다. 앞으로 40년 비이다.

종교

아주 좁아서 일직선일밖에 없는
골목 끝에 한 몸으로 일어서듯
계단 하나 있다.
높지 않고 올라봐야 별 볼 일 없이 그냥
큰길이 나오고 노파들 노점상도
확 트여 보이고 행인들에 섞여 드는 그 뒤로 그냥
있지도 않았다는 듯 사라질 것이다.
골목은 역세권 여기저기 널렸을 노숙자들
전용일망정 손님을 받는 식당이라면 빈자리가
없다. 복덕방은 아예 들어설 여지가 없다.
점집 무당집 철학관 간판 서너 개 있을 수 있다.
계량기 녹슨 파이프 붙어 있지 않다면
문 하나 없는 담벼락 덩어리들 이음새 낡은 것이
조선시대라 해도, 아니 시대가 없다고 해도
상관이 없다. 그 끝에 일어서듯
오르는 계단 아니다. 간신히 통하는 계단이다.
초라히 근근이 그냥 버티느라 보잘것없지만
그렇다고 움츠러들며 몸을 숨길 것도 없는 계단이고,
기억에 없다가 우연히 눈에 띌 때마다 어떤

신비에 놀라고 그때마다 믿을 수 없는 골목이다.
이 세상에 지나다니고 오르내리는 소용과
무관한 길이 있다. 조금만 더 넓고도
너무 넓지 않다면 이만한 종교가 없다.

밤으로

위용은 땅에서의 일이다.
거리가 무산되는 정면의 일이지.
깔리는 것도 그러하므로 황혼 깔리는 것이
우리를 자기한테로 부르는 말이다.
여기서 우리가 내려다보아도 건물들이 황혼에
물들며 옹기종기 마을을 구성하는 광경처럼
눈물겨운 것이 없다. 인간이 애써 넘겨준 것이라서
더 눈물겹다. 황혼이 또한 그 사실을
물들이는 식으로 내려다보고 그것을 바라보며
지상의 정면에서 우리가 잠시 고독하다.
너무나 많은 나의 눈이 죄다 눈을 크게 뜨고
도처 도시 야경의 걸작들을 구성하고 있다.
아무것도 보이지 않는다.
역동, 터무니없이 바닥난 체중의
찬란, 전생에 가본 적 있는 듯한 어떤 나라에
이승에서 아직 가본 적 없는 것이 분명한 그
분명의
빛의. 모여드는 구분의 모여드는 결합들이
통사보다 더 많은 것을 보여주는 마을의.

동화 세상의 괴물들, 어린 내가 끔찍했다,
거지들, 어린 내가 불쌍했다. 양쪽 다 보기에
동화 세계에서 아이들, 어른들 세계를 다 잡아
먹고 나서야 어른 되었다.

시작

아직 멀쩡한 소가죽 지갑이 없어 보이는 돈 냄새에
찌들었다. 꽤 있어 보이던 신삥 기간을 훌쩍 넘겼으니
소가죽 냄새일 리 없고 돈이 없었으나 없는 돈 냄새
맞다. 몸 냄새가 오래되어 없는 돈 냄새를 풍기는 것도
말이 된다. 어쨌거나 나의 만년을 가장 가까운 데서
가장 끝까지 지킬 지갑이다. 지금 아무 냄새도 못 내는
주민등록증이 그때 무슨 소용이겠나. 만년에 여러
가지가 있고 무엇보다 마구 흐트러지는 일과 이성보다
더 멀쩡해지는 일이 맞물려 서로를 부추기는 식으로
크게 충돌하는 마당에 지갑이 만년을 지키는 식으로
만년을 구성할 수 없나, 더 나아가 만년의 구성일 수
없나? 없어 보이는 냄새가 그래서 없어 보인다.
'마누라'도 그래서 있어 보이고 그래서 없어 보인다.
고대 앵글로·색슨 바이킹족 룬문자보다 센 나라
베트남에서 바오닌이 왔다. 전쟁 영웅인 그도 집에서
마누라한테 꼼짝 못 했었다. 약소민족을 끝까지 스스로
침략인지 모르고 침략하는 세계 제국들을 백 년에 걸쳐
영문도 모르고 불굴의 인내와 엄청난 희생과 토착의
유격으로 연달아 물리친 승리의 문화가 선진국 교양

따위는 암컷 수컷의 아이큐 높은 짝짓기 작전쯤으로
스스로 치부하는지도 모르고 치부할 터. 약속은 인사동
4성급 호텔. 비까번쩍한 천민자본주의 한복판에서다.
뭐, 그 대단한 만년 음악 작곡가도 작곡하는 자신의
만년 일상 자체가 만년 음악으로 들린 것은 아니었다.
풍경이 말하지 않는다. 풍경이 말이다. 우리가 더
알아듣기 쉽게 풍경이 풍경의 말이다. 가령 한 번도
부릅떠본 적 없는 네 눈보다 더 큰 네 눈동자. 이제
시작이 모든 사물을 만년작으로 읽는 시작이다.
가난이 만년작을 내지 않는다.
가난이 만년작이다.

Fine & Decorative

광란의 숙취가 무슨 덩어리처럼 나를 덮친다.
짓누르지는 않는다. 과하지 않았던 모양. 들어온
새벽과 깬 저녁이 곧바로 이어져 흔쾌하다.
대낮보다 더 밝았을 술자리 일들이 생각나지
않는다. 나쁘지 않다. 생각과 다르고 생각보다
더 종류 많은 생을 우리가 사는 것일 수 있지 않나?
숙취의 무게는 온전히 두뇌 일이다. 보석이 제 혼자
영롱하지만 금세 그것만이 아니다. 제 주변 것들이
위치한 각도를 제게로 당기며 더 영롱하게 만들고
그것들보다 더 영롱해진다. 이상적인 미술 사전이
모든 것을 미술 측면으로 철학 사전이 철학 측면으로
끌어당기듯, 보석 측면으로. 계속 보면 계속 그런다.
눈이 눈멀거나 그전에 우리가 차마 더 못 견디고
시선을 돌릴 때까지. 그 후 느긋한 시간에 인간의
장식이 보석의 법을 배운다. 연마의 시간이다.
장식이 제 목적을 넘어선다. 보석의 세공부터
장식의 일이다. 장식이 보석을 뛰어넘는 일, 인간
장식의 일이다. 아주 작고 정교한 고대이집트
상아조각이 있다. 상아라서 가장 작고 가장

정교해 보이는 조각이고 가장 작고 가장 정교한
까닭에 상아인 것 같기도 한 조각이다. 추정된
고대이집트 역사 우울한 신비와 신비한 우울이
그것으로 씻겨 나간다.
요상하고 어수선할 것이 하나도 없다.
있다면 그건 나의 과거이다.
어지럽지 않은 숙취처럼 디자인의 속성인
흑백이 보이지 않는다면 흑백 삽화들이
아무리 잘 배열된들 결국 제록스 비슷해 보인다고
말하는 식으로도 우리가 희망을 말할 수 있다.

정말

1892년 간행된 『켈트 동요 모음집』 앞 장에 이 책을
읽는 남녀노소 모두 백 년의 잠을 자게 된다는
'경고'가 붙었다. 백 년도 더 지난, 인간이 평균 수명
백 년을 도저히 바랄 수 없던 시절 이야기. 어른들
바람과 착각, 끈질기다. 필사즉생인 동화 나라 아이들
생체험에 무슨 백 년의 잠? 에피소드는 에피소드
시간만 있다. 에피소드라는 시간만 있다. 백설 공주를
백 년 동안 잠재우려는 것이 어른들이지만 유년에
백 년의 잠을 잤다는, 유년이 백 년의 잠이라는 착각의
반영일 뿐 장식에 달하지 않는다. 아이들이 분명한
울음의 까닭으로 운다. 슬픔의 까닭으로 울지 않는다.
어른들 슬픔의 까닭을 비껴가며 슬퍼한다. 평균 수명
2백 년을 정말 바랄 수 있을 때 백설 공주가 2백 년
잠을 잘 수 있다. 영생을 정말 바랄 수 있을 때 영영
깨어나지 않을 수 있다. 『창세기』가 평균 수명 2백 년을
훌쩍 넘겼지. 백 년 2백 년 단위로 아귀가 안 맞아서
비극적인 역사가 앞으로 한참 더 이어질 것이다. 긴
것이 짧은 것을 더 길게 찢어지며 포옹하는 생이 책들
무덤을 세우기 전에 책들이 생의 무덤을 짓는데,

먼저랄 것이 없다. 어디까지인가 물을 것이다. 더
근본적인 것이 더 시급하다. 우리들 무덤이 책들
무덤인 생이 질문을 피해 소통을 그냥 소통하는 동안.
허술해 보이는 음악의 뒷맛이 새로울 수 있다. 음악이
여전히 허술해 보이면서 새로울 수 있다. 그렇게 보면
가장 지저분한 언어 현상조차 뒷맛이 새로울 수 있다.
새롭다는 것이 늘 새로울 수 있다. 조수가 사수를
돕지 않는다. 사수를 결국 사수로 증명하는 조수의
예열과 실패가 사수의 성공보다 더 본질적이다. 시만
그렇겠나? 모든 해결이 해결을 더 복잡하게 만드는
해결이다. 시가 시적으로 철학이 철학적으로, '시적'이
시를, '철학적'이 철학을 능가하는 것이, 말이 되나?
아니라면 말이 될 때까지. 눈에 들어오는 대로 그림이나
그리면 될 것을 말도 좀 되어보기로 한 이래 '그리다'가
도대체 무슨 뜻인지 말의 말로 헤아려보는 것도 지나
안락사까지. 뿔뿔이 흩어지려 기를 쓰는 단어들을 한데
묶으려 기를 쓰며 새 단어들을 남발하면서 실제의 그림
조차 능가할 도표가 없는 결론이 닥치고 덮쳐 올 때까지.
그게 내가 지하철 노선 언어로 물어물어 복잡하게 겨우

찾아냈더니 바로 어제의 단골집이었다는 얘기일망정,
그게 내 임종의 말 너머 임종 그 자체의 물일망정, 그
림은
그림대로 각각 모두 무수히 하나의 창 아니라 눈이고.

오작동

멍게를 새끼 때 확대해 보면 두뇌가 밖에서 보이는 무슨
정자처럼 한없이 빨빨거리고 돌아다닐 듯하다가 정주한
후 필요 없어진 두뇌를 먹어버리는 TV 프로그램 〈어
쩌다 어른〉
　강의를 들었다. 두뇌 때문에 방황한다는 건데 내 생각
은 조금
　더 아득하다. 바퀴벌레는 음식이 연료라 움직이지 않
으면
　탱크처럼 오래 버틸 수 있다. 녹슬지 않으니 탱크보다
더 오래
　버틴다 해도 이론상 놀랄 것이 없다. 이 오작동은 이들
생명이
　여태 대문자 신의 존재를 믿는 소리 같다. 그 서늘한
견해로
　보면 대문자 신 없는 인간의 진화가 섭생 아닌 살육을
깨작대며
　따분한 두뇌를 견디는, 반항에 못 미치는 수작일 터.
뒤러「멜랑콜리아 I」
　우울한 천사도 으스스한 짜증의 육을 가장 구체적으

로 입고 있다.

우리가 바퀴벌레를 박멸하고 멍게를 즐겨 먹는다. 최고의 안주

가운데 하나. 큼지막하게 삼키면 마치 그것을 반기듯 목구멍

꾸역꾸역 치밀어 오르는 취기를 내려가는 족족 씻어낸다. 후진

길거리 포장 없는 노점까지 싸돌아다니며 그런다. 인간들, 잘 버텨,

그렇게 두뇌 없는 몸이 말하는 것 같다. 내 몸속으로 다시 정주하면서.

나의

아무래도 역사에 등장하는 여성이 확대 제록스처럼 희미하다. 여성 언어가 역사 언어와 어긋난다. 여성의 역사도 여성이 역사 이하이거나 이상이거나 어쨌든 이외이다. 이하라서 이상이고 이상이라서 이하이고 이외라서 이외이고 그러한 삼위일체가 역사를 낳고 보살피는 일만으로 역사를 능가한다.

역사를 벗어나서도 그렇다.

예수 십자가 수난에 창궐하는 피땀 냄새가 그 수난을 잉태하는 더 큰 수난의 여성한테서 나지 않는다. 생명의 외경은 해산이 임신의, 임신이 월경의 짝퉁에 지나지 않는다.

내게 가장 구체적인 것은 여성의 살 내음이다,

화장으로 내 코를 찌르지 않고 스며드는 내음이 다독이는

맨살이다. 아무리 먼 이국의 아무리 오래전 역사 속에서 그 역사의 의상을 아무리 완강하게 갖춰 입고 있어도 그렇다.

피땀으로 피땀을 극복할 수 없다는 여성의, 여성이라는 전언보다 더 역사 발전에 보탬된 것이 없다. 여성이 세계

방언의 미래이다, 방언의 내음만 남은. 여성이 모든 것의

미래이다, 모든 것의 내음만 남은, 내음도 통째 투명만

남은.

남성의 역사가 그 위에 손바닥 지문인.

세계의 엉덩이 아니라 부기 빠진 여성의 맑은 날 볼 것

이다.

흙인 육체가 흙으로 돌아가는 것이, 디자인인 말씀이

디자인으로 돌아가는 것보다 더 중요하다는 듯이, 왜

냐하면

육체가 말씀의 디자인의 미래로 나아가는 것과 같다

는 듯이.

아무래도 여성 없이는 역사가 시시한 활극 이전 그림

이다.

여성으로 갑자기 보인다, 히브리문자가 최초 오른쪽에

서 최초

왼쪽으로 달리는 것이. 그리고 왼쪽에서 오른쪽으로

위에서 아래로

읽힌 의미들이 달리는 문자들이고 종아리 꽉 차고 팽

팽하고

그게 더 멀쩡한 의미였던 것이. 펼칠 것이 여성의

몸이다. 회색의 본능이 투명해질 때까지. 방금 꾼 꿈을

가장 잘 아는 것이 여성일 때까지. 여성은 꿈의 몸이지 꿈의

해석 아니다. 그 몸이 모든 감각의

깨어 있음이고 해방이다.

아직 남아 있는 것들이 속박이다.

프로판가스

극동방송 건물 건너 어디라는 약속 장소를
못 찾고 극동방송 건물 건너편 길을 따르다가 건너편
깊숙이 들어와서 그만 내가 나를 잃어버렸다.
골목이 골목을 낳는 것처럼 골목
골목 들어선 카페 음식점들 구경에
빠져버렸다. 과연
세계의 근사한 같은 업종들을 골라 모아도
이렇게 아기자기하고 재미나게
화려할 것 같지 않다. 과연
상호가 국제시장인 주점이 그중 허름하다.
아주 희미하지만 밖으로 내놓은 프로판가스 통
가스 냄새도 약간.
그래서 정신을 차렸나, 어디라고?
거긴 당인리발전소 쪽이지.
과연
그쪽도 극동방송 건물 건너편이다.
왼쪽 건너편은 홍대이고
극동방송 건물 뒤쪽이 아주
깜깜할 것 같다.

방향이 없을 정도로 깜깜한
인가의 밤일 것이다.
네번째로 가면 방향만 그런 것이
아닐 것이다.

영어 공부
─ 권민경에게

주례 서준 게 뭐 그리 오래 기억할 일이라고
금산 출신 여성 시인이 인삼주 담근 것을
올해 추석 선물로 가져왔다.
고향 아버지가 그렇잖아도 튼실한 사위
더 튼실하라고 보냈을 것인데, 그것 참
내게로 왔다.
애들 팔뚝만 한 인삼이 네 개 꽉 차게 들었고
담근 지 꽤 되어 전체적으로 누리끼리한데
높이가 무슨
나폴레옹 대관식 같다.
하긴 젊은 시인 둘이서 살림을 꾸려나가는 일이
그것만 못할 리 없다. 다행히 남편이 소설로
전업하려 진력 중. 어디 내놓아도 꿀리지 않는
크기와 가격의 타원형 원목 탁자 위에서
길고 아래가 가는 미스코리아 모양 인삼주 병이
도무지 바닥으로 내려올 생각을 안 한다.
프로이트 전집을 자세히 읽지 않고 훑어보는 것도 아
니고
그냥 만지작대고 있다.

후대가 여러 방면으로 어찌나 많이 인용을 하고
우려먹었던지 새로운 내용이 있을 것 같지 않다.
그가 다른 환자들 사례를 나열하는 데 바친
정력의 반 정도를 자신의 섹스 집착 사례 연구에
썼더라면 훨씬 더 좋았겠다는 생각이 든다.
갈수록 심해지는 그것에 유일하게 반복이 없다.
생에 구질구질한 데가 없을 수 없고 어떤 때는
살림이란 말이 그런 뜻으로 들리기도 한다.
하지만 고백 없는 집착은 집착의 필요 이상으로 칙칙
하다.
성 아우구스티누스 글 모음집과 휴대용 하드커버
옥스퍼드 영영 사전을 내가 그들 부부에게 답례로 주
었다.
신학 아니라 문학이 로마제국 쇠퇴와 공포에 이르는
신비의 초기 기독교의 만연을
어떤 총체로 감당해내는 광경을 겪으며
영어도 늘면 좋을 것이다.

베어울프

예언이 모두 끔찍한 예언이었던 것은
역사가 갈수록 너무 가벼워지는 까닭이었으나
엄혹에 엄혹을 가하는 이를테면 가장 지독한 포르노도
역사에 육체를 입히는 데 속수무책이라서 우리가 운다.
가장 끔찍한 예언에서 가장 무거운 것이
내용 아니라 문자인 것 같을 때 우리가 정말 서럽게 운다.
육체만 남아 영문 모르고 운다.
온몸이 시퍼렇게 멍들 때까지 운다.

저작의 고전

이야기로의 전락을 촘촘해지는 행동이 꺼리며 달하는
디자인, 가사와 선율 너머 갈수록 작아지는 악보 모양의,
마지막 순간 바뀐 취향 같은, 총체의 의외로 실망스럽지
않은, 거의 매력적인 일면 같은. 기똥차다, 남자들 곁
에서
여자들이 언제나 더 가늘었단 사실. 그것의 끝없는 섬
세의
청신. 사전보다 방대한 참고 문헌 목록, 정치학 너머
정치를
낳는 붉음의 처음부터 끝까지인, 절정으로 해결될밖에
없는 순결의. 죽인 것도 죽은 것도 신성 아니라
종교의 남성이라는 듯이.

용납

서툴렀던 것이지 크게
야만적이었다고 할 것은 없다.
강건한 잡학의 난무였지. 우리가 처음의 크기를
지금도 모르고 다만 지금은
언어로 얼버무릴 수 있다.
처음의 크기가 늘 지금 처음의 크기다.
돌아볼 때만 옛날이 야만이다. 돌아보기 때문이지.
결코 부드러울 수 없다.
그건 늘 지금 처음의 크기에 우리를 맞춰나가는 일이
거든.
돌아보면 나아가는 일에 반복이
용납되는 것처럼 보인다.
반복 또한 결코 부드러울 수 없다.
영혼을 팔았다는 말로 넘어갈 수 있는 일이 아니다.
우리가 희망을 팔아먹은 것 아닌지
자문하면서 시작되는
부드러움이 분명 있을 것이다.

TV 동물농장

모든 썰이 전설이 되어간다. 마호메트 전설이 꼽는
천국 입장 허용 동물 열 가지가 노아 비둘기, 아브라
함—

이삭 어린양, 모세 황소, 셀라 낙타와 발람 나귀,
솔로몬 개미와 시바 여왕 댕기물떼새, 요나 고래, 동굴
은신 신도 일곱과 2백 년 동안 함께 잠들었던 개와
마호메트의 준마이다. 기독교가 나 몰라라 한 동물들을
이슬람이 늦게라도 챙기는 것은 고맙지만 동물들은
벌써 따분하다. 에덴동산이 좋았지. 포식과 죽음 없이
떼로 즐거웠다. 방주 속에도 한 쌍씩 남아 종의 생명을
즐기는 스릴과 서스펜스가 있었다. 천국은 뭐 하는 덴가,
우리에게 뒤늦게 고독을 가르치겠다는 건가? 상징부터
어딘가 불길하고 의인화가 본격적인 예고편이었지만
설마 동물 일이 지상에서 끝나지 않고 배기랴 싶었는데.
천국은 대중이 알기 쉽게 비 오면 비가 오네요, 쓰고
눈 내리면 눈이 오네요, 쓰는 음악 방송 인간 작가 문학
출판 인간 담당자 인간 기자들의 아주 사소하고 게으른
권력의 가장 촘촘한 그물망 아냐? 인간들이 우리들의
각각 따로 우는 발음을 대충 알지만 그 까닭을 모른다.

중력

광휘가 빛의 색이고 색이 바로 신비이다.

피에로 델라프란체스카(?~1492)의 '진짜 십자가 전

설' 연작

중에서도 「솔로몬왕과 만나는 시바 여왕」.

프라 안젤리코(?~1455) 그림을 보면 피에로 델라

프란체스카도 수도사여야 할 것 같고

이탈리아 르네상스가 내내 초기 이탈리아 르네상스

수도사 화가들 시대이다.

색은 미립자들보다 더 미세한 의미들의

소리 구성체 앞에서 절망하겠으나.

혀

네가 나를 생각할 때 내가 부활하지 않는다.
내가 너를 생각할 때 네가 부활하지 않는다.
너를 생각할 때 내가 부활한다. 그러나 어찌
전생과 내세의 에너지보존법칙뿐이겠나?
네 생각이 내 부활의 증거인데 너의 증거의
결핍이 살투성이이다. 혀, 몸의 미니멀.

대표 대비

내가 왕년 일상의 권위를 회복시키려 애쓰는 것에 집
전화 말고도 집 메모지가 대표적으로 있다.
손의 품 안에 안겨 드느라 그리 작고 예쁘고 값비싼
포켓 수첩 낱장 낱장이 그리 아깝고 가슴 아플 수가 없
는데
집에서도 A4 용지는 A4 용지이고 원고지는 원고지이
지만
집 메모지는 수첩 쪽보다 조금만 더 길고 더 넓어도
여러 번 꽉 채워 양면으로 쓸 수 있다.
대표들이 대비를 부른다. 집 전화는 누가 나를 찾는
소통이고 집 메모지는 내가 나를 찾는 소통인가? 아니다.
집 메모지가 한 수 위. 내가 나를 통하여 누군가를
찾는 소통이다. 이로써 내가 핸드폰을, 아무리 스마트
해도
쓰지 않은 이유가 만년에 가까스로 완성된다.

모던 초록 점검

민요가 참상을 뚫고 현대에 이르려면 전쟁이 신원 착오 빈발하는 줄거리 얼개만 있는 평화의 코미디로 보이는 단계를 겪어야 한다. 돌이킬 수 없는 것이 비극보다 더 비극적인 것도 받아들여야 한다. 초록이 처음부터 유난히
시끄러운 색이던 사실의 발전이 발견보다 더 난해하지만
가장 난해한 모던 초록도 끝내 명징해야 한다.
죽는 것은 죽은 이들이 부르는 소리, 사는 것은 살아 있는
것들이 살아 있는 소리고 어느 쪽이 더 힘든지 알 수 없는
민요이다. 재앙이 모던 초록의 상상을 초월하는 일은 없을 것. 그러니 앞으로 점검할 시간, 지진 진도 5.1, 지진 진도 5.8…… 책장 없이 책장보다 더 높이 쌓인 책들이 단 한 권도 쏟아지지 않도록.

결

행사 초대장 '찾아오시는 길'에 혜화동
나의 모교 터가 있다. 좁은 언덕길 하나 두고 담벼락
마주 보던 경신이 보성보다 더 오래된 학교인데
여태 강남으로 안 옮겼나?
고등학교 등굣길이 고단했을 정도로 경신 주먹들이
보성보다 훨씬 더 많았었다.
초대장이 나를 축사 담당으로 적시한 것을 보니
축사가 모교를 업고 성대한 죽음을 향해 가라는
격려 아니라 직접 가는 행위 같다.
죽음의 초대장 없다.
축사 초대장이 있다.
죽음의 세미나 없다.
시상식 이전 세미나가 있다.
모종의
사각死角도 가까스로 완성된다.
초대장 행선지 예술가의집은 45년 전 입학했던
서울대학교 문리과대학 본부, 일제 때 지은 건물
그대로이다.
낡는 것은 페인트일 뿐

'이미 불멸'이라는 말이 가능하다는 듯이.
그보다 더
'불멸이었다'라는 문장이 가능하다는 듯이.
그보다 더
불멸이라는 거 한 번 안 해본 사람
누가 있냐는 듯이.
그보다 더, 그럴 리 없지만
낡는 것이 페인트일 뿐
건물은 페인트칠 한 번 한 적 없다는 듯이.

뱀의 혀

정한아
(시인)

4백여 쪽에 달하는 그의 이번 시집 원고에 꽂아둔 포스트-잇 인덱스들이 빛나는 밤이다. 원고 최종 마감일을 여러 번 갱신한 밤이다. 나는 저 인덱스들을 어떻게 종합해야 할 것인가. 종합은 가능한 것인가. 종합이 그의 시를 이해하는 가장 유의미한 방법이라고 나는 나를 설득할 수 있을 것인가. 나는 우선 회상의 문으로 들어간다.

시차 적응: 1985년의 시집을 1991년에 읽고 2024년에 다시 읽으면

언젠가 다른 지면에 몇 번 고백한 적도 있지만, 나는

십대 후반에 지나치게 1980년대 문학에 몰입했던 탓에 시대에 맞지 않는 세계 해석에 오랫동안 사로잡힌 적이 있고, 지금도 거기서 다 벗어나지 못했다는 생각이 종종 든다. 이것이 나에게는 오랜 숙제였는데, 내가 1980년대 문학에 몰입했던 십대 후반은, 이미 1990년대가 시작된 뒤였기 때문이다. 당시의 나에게는 몇 년 안 된 '최신의' 문학이었지만, 역사적인 의미에서는 최대한 빨리 벗어나야만 하는 세계였다. 소련은 이미 망해 있었고, 민주화는 이제 막 미완의 형식으로나마 도래한 이후였다.

이런 이유로 나에게 1980년대 시인들은 오랫동안 '사랑하지만 원망스러운 삼촌과 이모 들'처럼 여겨졌다. 그들은 열정적으로 자신의 세계 해석을 온 힘을 다해 종이 위에 쏟아놓았을 뿐이고 당대 현실에 충실했을 뿐이었겠으나, 얼마 안 가 그들이 남겨놓은 따끈따끈한 유산은 곧바로 (믿음을 잃고 설립된 만신전에!) 안치되어야 할 것으로 다루어졌기 때문이다. 많은 삼촌과 이모가 펜을 꺾고, 우울증에 시달리고, 전향하고, 이전의 자기 자신을 고발하고, 전혀 다른 삶을 살 수 있을 거라고 스스로를 세뇌하는 동안, 완강하게 서점을 점령하고 있던 근과거의 시집들은 여전히 나에게 '적대의 정서'라는 거대한 유산을 강화하는 존재였다. 20여 년이 지나자 그들 중 '안전한' 시들은 교과서와 대학수학능력시험 지문으로 살아남았다.

나는 그 후로 얼마나 오랫동안 1980년대 시인들을 원망했던가. '이 작자들이 나를 속였어! 세계는 균질화되기 시작했고, 가시적이고 물리적인 적들은 사라졌고, 나는 상냥한 적의 품 안에서 단물을 빨고 있는데, 목숨이라도 걸어야 세상을 살 수 있을 것처럼 광장과 골방과 거리에서 목에 피가 맺히도록 내 혼을 쏙 빼놓고 죄악감에 시달리게 만든 저 삼촌과 이모 들을, 나는, 용서할 수 있을까? 그나저나 저 혼자 감응해놓고 뭘 원망한다는 거지? 누가 그렇게 몰입하라고 시켰던가?'

　그러니까, 종국에는, 내 탓이다. 사실 삼촌과 이모 들의 시집을 읽고 있는 동안 나는 이미 브리트팝과 그런지록과 테크노메탈 밴드 들의 음악을 듣고 있었다. 전 지구적인 우울과 불안한 외침과 혁명적인 형식의 절망이 내지르는 소음을. 내가 탐닉하는 문자와 음악 사이에 뭔가 평화롭게 할당할 수 없는 범주의 유격이 있다는 걸 눈치채고 있기는 했다. 삼촌과 이모 들은 "가난한 운동가요"("후배는 아직 하드록 카페에 있다 [……] 하드록을 하면서 사회주의를 논하는 그에게/가난한 운동가요로 그냥 밀려온/나는 무엇으로 선배인가". 김정환, 「후배」, 『희망의 나이』, 창작과비평사, 1992)로 자신을 표상하고 김추자나 펄시스터즈의 문화사적인 맥락 속에서 자신의 청춘의 정서를 정위했을 수도 있지만 말이다. 오늘날의 독자들은 사적인 취향과 공적인 신념의 일치가 도대체 무슨 상관이냐고 의아해할 것이다. 불쌍한 삼촌과 이모들의 1980년대는 낭만주의의 특질인 이항 대립으로 가득 차 있었다. 그리고 나는 이 이항 대립을 추체험 속의 관념으로 물려받았다. 이 삼촌들 사이에 김정환이 있다. 삼촌들에 대한 원망과 미움을 녹이는 삼촌이다.

나에게 김정환은 1991년 가을, 컴컴한 고등학교 문예반실 책장에서 시작된다. 나는 거기서 졸업한 선배들 중 누군가 놓고 간 그의 시집 『좋은 꽃』(민음사, 1985)을 발견하고는 내 맘대로 가방에 넣고 가져와 표지 뒤 면지에 이 시집을 '슬쩍한' 날짜와 내 이름을 적어놓았다. 책머리에 씌어진 "아름다움의 윤리倫理에 대해 생각한다"라는 말에 소심하게 밑줄을 쳐놓았다. 이 시집의 제목이 보들레르의 『악의 꽃Les Fleurs du Mal』에 대한, 기획적이지는 않았겠지만 의식적인 비틀기였으리라고 생각하게 된 것은 한참 후였다.

어째서 번역가들은 '나쁜 꽃'이나 '병든 꽃'이나 '잘못된 꽃'이나 '좀 맛이 간 꽃'이라고 하지 않고 한결같이 "악의 꽃"으로 번역했던 것일까. 가령, '나쁜'은 공적인 판단과 사적인 감각 모두를 아우르기에 더 적절한 번역어였을 텐데 말이다. 그러니까, "악의 꽃"의 대비어로서 "좋은 꽃"의 "좋은"은 단지 윤리적인 의미의 '선善' 개념에 갇히지 않는다. "악의 꽃"을 액면 그대로 한 번만 비틀었다면 '선의 꽃'이라고 했을 것이다. 아무려나 '선'은 영어 good이나 그리스어 καλός처럼 역시 그 본의상 '좋다'라는 뜻으로, 오늘날 현대인들이 미추와 선악을 미와 윤리의 영역으로 자동으로 나누는 것과 달리 그 구분이 없이 쓰인다. '좋다'는 '기껍다'라는 주관적 심정과 '바랄 만하다' '바람직하다'라는 대상의 특질을 의미하기도 하고, 윤리적으로 '선하다'라는 공적 판단과 기능적으로 잘 작동한다는 대상의 상태에 대한 진단으로도 사용된다. 따라서 '좋은'은 '나쁜'과 마찬가지로 판단과 감각을, 미학과 윤리학과 인지상 주관의 상태와 객관의 판단에 모두 쓰일 수 있는 말이다. 그 모든 것을 동시에 의미한다는 뜻은 아니다. 그러나 '좋은'이라는 어휘는 감각과 심정과 물리적 상태를 분리하는 테두리를 들락날락한다.

동시대 동료 시인들보다 현저히 개념적이고 추상적인 어휘들을 일상어에 섞어 사용하던 그의 시들은 감각과 언어 조탁이 시의 핵심이라고 생각하는 사람들에게는 다분히 앙상하게 보였을 것이다. 그러나 시가 감각과 정념의 전유물이 아니라 신념과 힘과 인식의 총체일 수도 있다고 생각하는 독자들에게 김정환은 반감상주의에 대한 강력한 요청으로 도착했다.

아름다움의 현재, 저질러진 기쁨이여[1]

『지울 수 없는 노래』(창작과비평사, 1982)를 비롯한 초
기의 그 모든 헐림, 폐허, 몰락의 이미지가 초기부터 넘
쳐 나고 있었는데도 불구하고 (한 연구자는 그의 1980년
대 시 쓰기를, 지우고 다시 쓰기를 거듭하여 여러 과거가
겹쳐져 있는 파피루스문서—팔림세스트 글쓰기라 명명하
면서 『황색예수』를 "공사장이 된 텍스트"라고 불렀다[2]) 직
후에 전개되기 시작한 김정환 시의 특징을 나는 감상주
의에 대한 철저한 배격과 함께 깊숙한 낙관론이라고 생
각한다. 그의 시가 전하는 교훈은 흔치 않은 것이다. 단
지 강력하기만 한 신념의 편에 있었다면 그는 많은 사람
들이 허탈해진 1990년대를, 다른 많은 사람들이 그리했
듯 상실에 대한 보상으로 우울이나 착란 속의 은밀한 향
락이나 좌절이 불러들이는 도피주의적 퇴폐나 '방향 전
환'이라는 말로 순화될 전향의 길로 급선회할 수도 있었
을 것이다. 그러나 그의 포용력은 아무리 비참하더라도
끝끝내 현실의 편이다. 치밀어 오르는 울음과 눈에 아로

---

1 김정환, 「2」, 『황색예수』, 문학과지성사, 2018. 이 책은 『황색예
   수 1—탄생과 죽음과 부활』(1983), 『황색예수 2—공동체, 그리
   고 노래』(1984), 『황색예수 3—예언, 그리고 아름다움을 위하여』
   (1986)를 한데 모은 복간본이다.
2 김나현, 「팔림세스트: 검은고라니와 황색예수—1980년대 김정환
   의 글쓰기」, 『현대문학의 연구』 제77호, 한국문학연구학회, 2022,
   pp. 339~71.

새겨지는 화려한 패배를 함께 다 삼켜버리고 이전과 같은 속도로 다가오는 모든 길을 밟는 것. 보아라. 진짜로 현실주의자가 되기가 이렇게 어렵다.

이 철저한 현실 인식의 조짐은 그가 약 40년 전 연병장에서 눈을 치울 때에도 보였던 것이다. "우리가 우리로 살아 남은 것은/우리의 앞이 무언가를 했기 때문이다/무언가를 안했기 때문이 아니다"(「제설작업」,『좋은 꽃』) 이런 문장은 얼핏 읽었을 때는 순전히 논리적인 기술로만 들린다. 당대의 통상적인 시 독자들은 "우리의 앞"이 뭘 잘했고 잘못했는지에 대한 명확한 판단을 위해 시가 그 단서를 제공해주기를 은밀히 기대했을 테지만, 김정환은 잘/잘못보다 실천/무위의 구도로 숨겨진 질문을 바꾸고 '살아남음'에 초점을 맞춘다. 물론 그 질문의 전환은 그의 내부에서 이루어진 것이다. '어째서 지금 여기는 이 모양 이 꼴인가'라는 첫번째 질문을 '우리가 어떻게 우리로 살아남았는가'로 전환하는 일은 그의 급진적인 현실주의와 깊숙한 낙관론의 결합을 통해 세계에 대한 해석에서 주체의 발생에 관한 재서술로 사유를 전환한다. 1986년『황색예수 3 ── 예언, 그리고 아름다움을 위하여』의 '시인의 말'에서 그는 이런 인식을 정리한다.

이제 우리 문학인에게 필요한 것은 진보적 관념과 복고적 서정 사이의 양자택일적 선택 혹은 혼합적 누림이 아니라, 관념과 서정의, 관념적 서정과 서정적 관념의 변증법적·미래 지향적 종합인 동시에 통일 정서의 한 예감이고 또 민중 지향 전통의 한 현대적 갈래일, 전투적·비극적 서정성의 창출이다. 그것은 관념적 단어의 해방 실체화이자 일상적 단어의 혁명성으로의 고양이며, 받아들이면서 동시에 딛고 일어서는 '투쟁과 구원의 종합'이며 이미 조건 자체를 해방 무기화하는 '치열한 너그러움'이다. [……] 모든 것은 사랑과 싸움의 과정이며, 좀더 인간적이기 때문에 성스럽고, 그렇기 때문에 진보적이다.

오늘날 다소 생경해진 '변증법' '해방' '통일' '혁명' 같은 1980년대의 '마지막 어휘last vocabulary'들을 뚫고 그의 시 속에서 여전히 생동하는 것은 "치열한 너그러움"과 "투쟁과 구원의 종합" 그리고 '인간적임과 성스러움과 진보성의 동시적인 인식'이다. 이런 현실 인식이 소련이 망한 뒤에도 "오 나는/붙들 것이 현실밖에 없다 [……] 나는 안다 깊은 곳일수록/무너지는 것이 무엇인가를 튼튼하게 한다"(「첫눈」, 『희망의 나이』)라는 단언과 (물론 이 대목을 읽을 때 이를 악문 것 같은 목소리가 들린다) "누구나 연결고리인 채/조금은 공허한 세대일 것이 나는 보인다"(「숫자」, 같은 책) 같은 언명을 가능하게 했던 것이다. 그리고 이 같은 세대 간 인식 차에 관한 고민은 30년 후에 이렇게 기술된다.

어느 세대나 자신의 고유한 불가능 수준을

최대한 복잡화하는 식으로 높였다 생각하고

어느 후대나 선대가 철없어 보일 정도로

복잡화한 자신의 불가능 수준이 바로 선대

극복이라고 생각하는 일은 계속된다, 아마도

불가능의 가장 복잡한 수준인 죽음의

육체에 달할 때까지.

　　　　　　　　　—「인간의 풍경—미켈란젤로 만년」 부분

　그러니까 그의 낙관론은, 끊임없이 변화하는 현실로부터 절망적이고 배반적인 국면들이 펼쳐질 때 단지 그 순간이 안겨주는 절망과 배반감에 멈춰 있지 않고 그 증대되는 물질적 현실과 인간의 상호 관계적 총체가 펼쳐갈 낯선 미래를 응시하도록 하는 용기에서 나온다. 이 용기는 지속적으로 발생 중인 주체의 포용력에 기인하기 때문에 회피나 부인으로 인해 일시적으로 취하는 거짓 희망의 제스처와 완벽하게 구분된다. 이 낙관은 웃어넘기거나 '결국 모든 것은 좋을 것이다' 같은 유용성중심주의의 낙관과 달리 자기 자신을 발생시키고 수정하기를 거듭하기 때문에 고통 없이 얻어지지 않는다. 그러나 그에게 중요한 것은 고통을 보여주는 것이 아니라 과정을 빠뜨리지 않는 것이다.

Under (De/Re-)Construction

어떻게 어제까지의 세계 해석이 무효화된 것처럼 보일 때에도 여전히 희망을 가질 수 있다는 말인가? 어떻게 사상이 죽은 것처럼 보일 때에도 충실성을 발휘할 수 있다는 말인가? 어떻게 신이 죽은 이후에도 사도가 될 수 있다는 말인가? 김정환은 왜 아직도 예수를 시에 겹쳐놓는다는 말인가?

1983년 김정환이 '황색예수' 연작을 시작할 때『황색예수 1—탄생과 죽음과 부활』'시인의 말'에 밝힌 일련의 작업의 의미는 이러했다.

이 글은 우상화된 예수, 우상화된 개인적 고통에 대한 고발이며, 잘못된 성聖−속俗의 이분법적 개념 규정에 대한 수정 작업이며, 현세기복적 재벌 종교의 반민중성, 미래 지향적 구원 종교의 관제적 반역사성에 대한 규탄이다. 그리고 가난한 민중들의 공동체 속에서, 쫓겨난 오늘의 예수를 확인하고, 이루어지지 않은 미래의 어렴풋한 모형을 찾으려는 '의미 찾기'이다. 그것은 성서에 나타난 탄생, 사랑, 부활, 구원의 진정한 의미를 찾는 작업과 무관하지 않으리라 믿는다.

나는 이것이 당대에는 제도로서의 종교가 한국 사회

에서 신의 이름으로 부당한 월권을 행사하고 있는 자기 모순에 대한 고발과 함께, '하늘에 계신 아버지'를 땅에서 비참하게 죽어가는 예수(들)로부터 발견하려는 근본적인 해석학적 작업이었다고 생각한다. 이 40여 년 전의 의도는 오늘, 바로 그 해석학이라는 학문의 체계를 정립하게 한 중세 수도사들의 지난한 해석 작업의 섬세하고 치밀한 해석-강론-토론-논쟁의 과정과 취사선택을 통해 일정한 합의에 다다르고 무수한 주석을 거느리게 된 성서라는 보편화된 서사의 표본 텍스트와, 삶의 경험적 주체로서 "치열한 너그러움"을 통해 당장의 이해 가능성을 넘어서려는 자가 모순으로 가득 찬 현실 속 자신의 삶이라는 텍스트를 겹침으로써 생산되는 균열과 이물감을 드러냄으로써, 이 균열과 이물감이야말로 사실상 믿음의 가능성을 떠받치는 핵심이라는 점을 드러내는 데로 나아간다.

그런데, 지난 세기를 지나 오늘에 도착하는 동안 신은 두 번 죽었다. 한 번은 (민중신학과 변형된 기복신앙과 '죽은 신'이라는) 고정적 해석 속에서 이론에 이론을 덧칠한 담론화된 상징의 몸으로. 또 한 번은 완전한 망각에 의해서. 나는 이것이 1990년대 초반 한국에 당도한 포스트모더니티의 소문이 지금은 우리 삶의 공기가 되었음을 발견하는 것과 무관하지 않다고 생각한다. 그리고 여기는 빠짐없이 상품이 되어가는 초국가적 자본주의의 승리와 함께 우리가 당도한 공허하고 화려한 세계다. 이제 사람들은 '신'이라는 말을 비유 이상으로 생각하지 않는다. 믿지도 않는 예수의 생일에 성탄목을 꾸미면서, 처녀가 아이를 낳으면 돌로 쳐 죽이는 관습법이 있었던 2천여 년 전 식민지 이스라엘에서 한 쌍의 커플이 기를 쓰고 남의 집 마구간에서 장차 죽어도 다시 살아날 백수, 정치범, 사형수가 될 아이를 낳은 사실을 기념하기 위해 이날이 정해졌다는 사실을 기억하지 않는다.

'죽은 신'을 기억하거나 잊으려 애쓴 것이 모더니즘의 일이었다면, 오늘날, 사람들은 예수를 다크 히어로로 다룬다. 지난 몇 년간 미국 드라마는 부활의 문제를 좀비나 언데드와 마찬가지로 공포물의 주제로 다루어왔다. 이것은 세속화를 넘어 신성의 오락화를 방증한다. 사실 원리주의자들을 제외하고는 아무도 어떤 이념도 어떤 경전도 존경하지 않는다. 한쪽은 야만the barbarian이고, 한쪽은 원시the savage다. 한때 모든 해방 서사의 기본 골격이었던 기독교 서사는 완전히 엔터테인먼트에 녹아들었다. 나는 지금 제도로서의 기독교에 관해 이야기하고 있는 것이 아니다. 김정환이 제도로서의 기독교에 관해 이야기하고 있는 것이 아닌 것처럼. 이 세계의 이중적 적대의 상황을 알랭 바디우는 다음과 같이 간명하게 보여준다.

'문화'라는 이름은 '예술'이란 이름을 폐색閉塞시킨다. '기술'이라는 말은 '과학'이란 말을 폐색시킨다. '경영'이란 말은 '정치'라는 말을 폐색시킨다. '성'이란 말은 '사랑'을 폐색시킨다. 시장에 동질적이라는 엄청난 장점을 갖고 있으며, 게다가 관련된 모든 항목이 하나의 상품 제시 난欄을 나타내는 '문화-기술-경영-성'이란 체계는 진리 공정들을 유형적으로 식별하는 '예술-과학-정치-사랑'이란 체계를 은폐한다.[3]

이 은폐 관계를 종교에도 적용할 수 있을 것이다. '종교'라는 말은 '신성'이란 말을 폐색시킨다. 신성은 실체적 신으로 환원되는 것이 아니라 신적인 것이라는 모호한 특질로 존경할 만한 우리 자신의 최상의 형상을 암시할 수도 있다고 말할 필요가 있다. 그 가능한 최상의 인간 형상은 실재한다는 증거 때문이 아니라 우리가 희망하기 때문에 요청되는 것이다. 이것이 끊임없는 경험과 텍스트의 해석학적 싸움에서 재상상된다고 말할 필요가 있다.

김정환에게 물리적인 경험으로 겹겹이 쌓인 시간의 체적은 현재를 구성하지 않는다. 오히려 현실의 주체가 당연하게 지나온 과거의 '디자인'과 마주쳐 느끼는 생경

3   알랭 바디우, 『사도 바울―'제국'에 맞서는 보편주의 윤리를 찾아서』, 현성환 옮김, 새물결, 2008, p. 29.

함이 기억을 재규정한다.

> 종이 신문이 세계관처럼 펼쳐지던 시절이 있었다.
> 지금은 내가 나를 search하는 나의 고독인데 내가
> 고독이라는 말을 모른다.
> ──「도자기 필통과 옥수수 속대 빨부리」부분

> 내가 나의 총체를 찾아 돌아다니는
> 미로가 나의 총체이다.
> [……]
> 나의 미로에 미혹되는 방식으로 내가 그 미로를
> 빠져나오는 나의 총체이다.
> ──「미로 활성과 동그라미 등식等式」부분

'나의 총체로서의 나'는 '나'의 밖으로 빠져나와 '나'를 응시하는 또 다른 '나'만이 기술할 수 있다. '나'가 아무리 거듭 재서술할지라도, 그는 자신이 체험한 미로의 세부들을 누락하고 생략한 채 매끄러운 서사를, 직선으로 만들 수 없다. 이 빠뜨리지 않으려는 안간힘으로 그는 체험하는 모든 것을 텍스트 속으로 가져온다. 이 텍스트는 무수한 다른 텍스트로 직조된 현실로 건축/해체/재건축되어왔고, 끊임없이 건축/해체/재건축되어간다. 문학사와 정치사와 문화사와, 믿음과 배반의 반복과 함께

수정된 당분간의 신념 체계를 증거하는 자기 삶의 무수
한 디테일과 함께. 종합은 가능한 것일까? 무엇이 예외
이고 무엇이 보편인가? 누가 김정환이고, 누가 예수이
며, 누가 인간 일반인가?

　　이것이 아담의 말이다:
　　대홍수보다 훨씬 더 지식의 사과 이후 생애가 죽음을
향한
　　생애라는 것을 받아들이는 충격적인 체념이 있었다.
　　그것이 최초의 사실이고 사실의 충격을 신성으로 받아
들이는
　　인간의 기적이 있었다.
　　[……]
　　이것이 캐럴 소리다:
　　[……]
　　나의 급사急死를 길게 생애로 늘이고 다시 너희와 함께
　　죽는 것이 위로가 된다면 위로하러 왔다.
　　[……]
　　예수 십자가 처형 이후 그것을 따르는 모방의 십자가
순교가
　　갈수록 그악스러워지며 모종의 질을 떨어뜨린다.
　　[……]
　　이것이 노새 회심곡이다:

내게는 은총도 혼종이었다.

태어난 것이 나인 것만 맞았다.

[……]

내게는 견딤도 혼종이었다.

[……]

뭔가 어떻게든 살려볼 생각이 전혀 없는 극좌와 가진
것 한 푼 내놓을 생각 없는

극우 사이에서…… 그 생각 하고 살면 나머지가 모두
천당이지만 입장入場들만 있는

　지루한 천당이지.
　　　　　　—「실낙원, 그 후의 그러나—박현수&노원희 부부께」 부분

　25쪽에 달하여 전문 인용할 수 없는 위 시는 "이브의
말"과 "아담의 말"을 지나 "캐럴 소리"와 "노새 회심곡"
을 거쳐 "실낙원, 그 후의 그러나"를 지나 "산 자의 죽은
자 추모 형식"과 "최후 아니라 그 후의 구술口述"에 대한
선언적 언술로 꿰어져 이어진다. 그리하여 "이브의 말"
에서 1,400년 전 유대교와 이슬람교와 기독교 간 종교
분쟁의 일화로 시작된 이 시는 "구술" 이전의 "창비 통합
시상식 및 망년회" 뒤풀이 장소인 "아미고"—"친구"로
끝난다. 『창세기』로 시작해서 망년회로 끝나는 이 시는
기나긴 지독한 농담인가?
　기독교 해석의 역사와 그 폭력적인 분쟁의 역사와, 예

수의 수난과 십자가 사건과 죽음과 부활의 '타이밍'에 대한 상념과, 관습화되고 신성을 잃어버린 현실에서 울려 퍼지는, 사은유死隱喩가 되어버린 죽은 신의 탄생을 조건반사적으로 기뻐하도록 하는 노랫소리와, 새들의 세밀화가 도착한 자연 다큐멘터리의 현재, 그리고 여기서 비롯하는 자연과 인간을 텔레비전으로 관조하고 있는 따뜻한 안방, 거기서 다시 거슬러 올라가는 역사 재구술. 끝과 시작이 물리는. "언제나 구약이 신약의 해석이고 표지標識 아니라 표지標紙가 표음表音이다"를 거쳐 가는.

고어古語-소리 문자-소리로 거슬러 올라가는 화자의 의식은, 자기가 직간접으로 겪은 인류사를 축조하고 허물고 다시 축조하면서 미로들을 다시 그린다. 이 속에서 화자는 이브고, 아담이고, 무신론자고, 때늦은 캐럴 소리고, 아기 예수고, 불가의 (『레위기』에서 혼종이 금지된) 노새였다가, 예수였다가, 그러는 모든 순간, 의식의 내레이터인 '나'인데, 그 모든 목소리를 갈아입는 동안, 동시에 '나'인 것을 알고 있는 '의식 그 자체인 목소리'가 처음부터 끝까지 그리고 다시 끝에서 처음으로 역진하면서 이 모든 것을 구술한다. 거시적인 것과 미시적인 것, 성과 속, 영원과 유한, 삶과 죽음을, 문자 문화와 구술 문화를, 구술 이전의 소리와 음악을, 공연과 기록을, 그러니까, 유한한 피부로만 느낄 수 있는 지금 이 순간의 감촉과 그 감촉의 역사와, 그 역사의 정리와, 그 정리의 이론화와, 한 개인의 삶의 총체 안에서 동시에 벌어지고 있는 정신사의 종족 발생은, 잘 분류된 서류철이나 적절한 분량의 소제목들을 정갈하게 달고 있는 깔끔한 연구서나 일정한 정서와 형식으로 질서 지어진 '완벽하게 퇴고가 완료된' 제작품으로서의 작품과는 아무런 관련 없이, '벌어지고' 있는 것이다. 그리고 이것이 한 신체 안에 응축되어 있다. 낙원이 끝나고 한 세계가 시작된, 종말의 신화가 연 유한한 인간의 역사 전체가. 예수의 죽음이라는 표본 속에. 거듭 살고 거듭 죽는 보편적 특수자의 비유 안에. 당신의 신체 안에, 그리고, 우리의 의식이 매 순간 하고 있는 그 일.

그는 부러 '벌어지는' 현실과 의식 사이의 간섭을 내버려두고 있는 것 같다. 말하자면, 그의 급진적인 현실주의는, 그의 피부와 의식에서 벌어지고 있는 모든 것을 모방하면서, 이것이 정리 불가능하며, 구술이 간신히 그와 비슷할 뿐, 구술 이전의 소리와 닮기를 염원하나, 우리의 의식이 언어를 벗어날 수 없으므로, 그 직전까지 가려 안간힘을 쓰고 있다고, 보여주려 한다.

히브리 정신은 그리스 정신과 달리 종합을 목표로 하지 않는다. 귀 있는 자 들을진저, 히브리적 사유의 예외와 그리스적 사유의 종합은 부박하게 통합되지 않는다. 구술과 문자는 표음과 표의라서가 아니라 사유 형식이 달라서 녹아들지 않는다. 그런데, 오늘날, 우리는, 시대로서의 문자도 벗어버렸다. 월터 J. 옹이 벌써 40년쯤 전에 말했던 것처럼, 사람들은 다시금 우리가 전자 문화 안에서 구술적 사유로 회귀한다고 이야기한다. 그렇다면, 이 모든 전락과 수난을 또다시……? 그러나 이전과는 다르게……? 하지만, "늦게라도 반드시 거쳐야 그 직후를/비로소 알 수 있는 것들이/여전히 있고 여전히 더 중요하다./예언의 시대가 예언자들 시대/이전에 끝났던 것이다"(「미로 활성과 동그라미 등식等式」)라는 말과 "비극이 지리멸렬해지는 것이/더 비극적 아냐?"(「첫사랑— 삼손과 델릴라」)라는 말을 함께.

뱀의 말

나는 그리하여, 읽어버려서 감응해버리게 된 김정환의 말투를 빌려, 이것은 거듭 허물을 벗는 뱀의 말이라고 생각한다. 실낙원 이후, 뱀은 배로 기어야 하는 형벌을 받았으나, 죽을 때까지 성장할 수 있는 권리를 얻었다. 탈피하지 않으면 죽는다. 그가 벗는 것은 구세계가 아니라 이전의 자기 자신이다. 그런데 이 뱀은 의식적인 인간 주체만의 유비가 아니다. 세계도 뱀처럼 허물을 벗는다. 세계는 점진적으로 진보하지 않고, 진화처럼 돌연히 변이한다. 모든 양질전화는 뜻밖이다. 그 모든 진지한

실감을 지니고 변이하는 경험 주체로서 인간이, 그 모든 거시적·미시적 역사의 체적을 가지고 변이하는 세계 속에서 앞서거니 뒤서거니 허물을 벗는다.

플라톤에게 '문자pharmakon'가 독이자 약이었던 것처럼, 고대 히브리와 그리스에서 뱀은 악과 혼돈의 상징이자 지혜와 생명의 상징이었다. 뱀의 혀는 두 갈래로 갈라져 있다. 하나는 진리를 말하기 위해서. 또 하나는 그것을 거듭 재해석하기 위해서. 그러나 바디우식으로, 진리는 단일한 진리가 아니라 그 공정들을 의미하며, 카푸토식으로, "우리의 가장 확고한 진리들조차도 해석의 문제이긴 하지만" "어떤 해석들은 다른 해석들보다 더 좋다".[4] 이 진동하는 진리와 충실한 해석의 투쟁 속에서, 문자가 계보화해온 것을, 구술로 재해석하려는 어려운 일을, 허물을 벗으면서 한다. 거듭 벗으면서 한다.

4백여 쪽에 달하는 그의 이번 시집 원고에 꽂아둔 포스트-잇 인덱스들이 빛나는 밤이다. 원고 최종 마감일을 또 갱신한 밤이다. 예상했다시피, 종합은 불가능했으며, 종합이 불가능하다는 내용을 종합하려는 시도가 실패한 것을 후회하지 않는다. 그 인덱스들이 말한다. Post-it. 이것을 게시하시오. 이것을 부치시오. 이것-이후.

4 존 카푸토, 『포스트모던 해석학』, 이윤일 옮김, 도서출판b, 2020, p. 21.

나는 1985년의 시집을 읽던 1991년을 기억하면서, 근대를 기억하는 포스트근대인으로서 말한다. 아직 잃어버린 세계가 없으므로 이제 막 마주친 세계를 함부로 규정할 수 있었던 그때는 얼마나 용감했던가. 그러나 어느 세대든, 우리는 이미 작동하고 있는 전승된 상황에서부터 출발한다. 갈라진 혀로 우리가 싸워야 할 대상은 과거가 아니라 망각이다.

> 네가 나를 생각할 때 내가 부활하지 않는다.
> 내가 너를 생각할 때 네가 부활하지 않는다.
> 너를 생각할 때 내가 부활한다. 그러나 어찌
> 전생과 내세의 에너지보존법칙뿐이겠나?
> 네 생각이 내 부활의 증거인데 너의 증거의
> 결핍이 살투성이이다. 혀, 몸의 미니멀.

—「혀」전문